Collection « Les raisons de la colère »

Nous remercions les éditions de l'Harmattan
de nous avoir aimablement autorisé la reproduction
de certains passages de *L'Émeraude des Garamantes.*

Photo de couverture : Karel Prokop

ISBN : 2-232-10401-X

THÉODORE MONOD

SORTIE DE SECOURS

SEGHERS

Théodore Monod, le veilleur

> « Je vois que tout l'oriente : c'est à l'univers qu'il songe toujours et à la rigueur. Il est fait pour n'oublier rien de ce qui entre dans la confusion de ce qui est : nul arbuste. Il descend dans la profondeur de ce qui est à tout le monde... Il atteint aux habitudes et aux structures naturelles, il les travaille de partout et il lui arrive d'être le seul qui construise, énumère, émeuve. »
>
> Paul Valéry
> *(Introduction à la méthode de Léonard de Vinci)*

> « Le bonheur individuel se doit de produire des retombées collectives, faute de quoi la société n'est qu'un rêve de prédateur. »
>
> Daniel Pennac
> *(La Fée Carabine)*

Gilbert Vieillard, un des tout premiers collaborateurs de Théodore Monod, à l'Institut français d'Afrique noire, le définissait comme un dictionnaire ambulant. « Mais — ajoutait-il, supprimant ainsi toute ambiguïté d'interprétation — c'est un dictionnaire qui a compris son contenu ! » C'était, avec un minimum de mots, établir l'homme dans toutes ses dimensions.

Car la masse incroyable de connaissances que représente Théodore Monod pour ses contemporains ne porte en rien la marque d'un touche-à-tout, fût-il de génie. Et l'apparente dispersion que d'aucuns croiraient discerner devant l'extrême diversité de ses talents, de ses passions, voire de ses coups de cœur n'est que la complexité de l'outil qu'il a su donner à son inlassable curiosité pour approcher la conscience de l'unité des choses et des êtres sans laquelle tout savoir n'est qu'une simple suite d'équations dénuée de substance.

Si « l'histoire du cosmos est d'abord l'histoire de la matière qui s'éveille », comme nous le montre, entre autres, Hubert Reeves, le respect de la vie est donc le corollaire absolu de la découverte désormais acquise des étroites relations, non seulement entre macro et microcosme, mais encore entre chacun des éléments de ces deux dimensions de l'univers. Et Théodore Monod de mettre la souriante rigueur de sa science à l'épreuve de sa conscience dans une rectitude de conduite basée sur les principes d'un christianisme de joie, de simplicité et de miséricorde. Son éthique de la sym-pathie (au sens étymologique du mot : « souffrir avec ») fait de ce pacifiste lucide un mobilisé à plein temps contre l'injustice, la violence et la barbarie.

« Il a tous les dons, nous dit encore Gilbert Vieillard, mais il les éteint pour ne laisser subsister que ce qui sert à la vérité scientifique et à la charité. » Car le naturaliste-géologue-zoologue -entomologiste-botaniste-ethnologue-anthropologue-érémologue-océanologue-bathyscaphandrier, etc., est aussi président du Rassemblement des opposants à la chasse, membre fondateur de l'Association pour le droit au logement et milite activement au Comité de patronage du MRAP, à la Ligue française des droits de l'animal, à l'Union pacifiste de France, au Mouvement international de la réconciliation, à France-Terre d'asile, entre autres ; la liste, on s'en douterait, n'est pas exhaustive...

Pour citer une dernière fois Gilbert Vieillard, Théodore Monod est l'homme « qui approche le plus du saint ou, en tout cas, de l'homme de bien ». Ce constat s'impose à tous ceux qui l'ont rencontré, même s'il fait rougir la modestie du chrétien et sourire l'humoriste, amateur de *limericks* et de *nonsense*. Aussi, quoiqu'il n'en veuille pas d'autre que l'idéal des Béatitudes, peut-on penser que, si la devise de Léonard de Vinci *« Hostinato rigore »* convient parfaitement au personnage de l'éminent membre de l'Institut, la personne de Théodore lui préférera sans doute celle, plus subtile, d'un Roland Barthes : « Nul pouvoir, un peu de savoir, et le plus de saveur possible. »

Et si Théodore Monod a voulu placer ce petit volume sous la double inspiration de Teilhard de Chardin et de Louis Massignon, c'est qu'il incarne au plus haut degré, comme celui-là, l'obstinée recherche de la convergence nécessaire de l'En Avant et de l'En Haut, et, comme celui-ci, une infinie pitié pour toutes les victimes, pour tous les meurtris, pour tous les spoliés. Comme eux, il fait partie des plus vrais jalons de la conscience du siècle.

Et la frêle silhouette sur la dune, un peu voûtée aujourd'hui mais toujours fidèle à sa veille, est là, comme tant d'autres qui l'ont précédée, pour peut-être un jour nous annoncer, tel le Villonna de Joyce à ses compagnons endormis dans l'obscurité : « L'aube, messieurs !... »

Pascal Monod.

Le « blason » de Théodore Monod ; il associe les symboles du christianisme et de la non-violence à ceux du judaïsme, de l'islam, du taoïsme et de l'hindouisme. On notera que chacune de ces branches appartient à un arbre unique dont les racines plongent dans une source commune à l'ensemble de ces grandes traditions. On lit dans le cadre « des fleurs nombreuses, une racine unique », « le soleil luit pour tous », « il y avait un arbre de vie dont les feuilles servaient à la guérison des nations ».

Sans peur...

Sans peur, quittant de l'œuf la tiède sauveté,
Têtard étrange et dérisoire,
Inconsciente ébauche, hors du moule jeté,
Il t'a fallu, jouant ou la blanche ou la noire,
  Naître *sans peur.*

Sans peur, dans les matins dorés et les midis,
Au grand soleil ou sous l'orage,
Il faut, dans le fracas des tonnerres maudits,
Face aux cris des démons, aux brouillards, au mirage
  Vivre *sans peur.*

Sans peur, au soir venu de l'ombre violette
— O vieux cœur enfin consolé —
Il te faudra, larguant l'amarre à l'aveuglette
Pour offrir au jusant ton esquif esseulé
  Mourir *sans peur.*

Introduction

Qui t'a fait roi ?

Tous désormais le reconnaissent — même les apprentis sorciers du nucléaire, même l'EDF, même Péchiney, même Rhône-Poulenc, même les chantres de l'autoroute urbaine, même les « enrésineurs » confondant plantation d'arbres et forêt, même les « remembreurs » menant une joyeuse croisade contre les haies, les talus, le bocage ou les marais, même les industriels du sport d'hiver, de l'endiguement, de la « marina-pieds-dans-l'eau », de l'élégante mégatermitière de béton type baie des Anges, Grande-Motte ou Leucate, même nos « grands chefs militaires » pourtant toujours plus malades de boulimie territoriale, même nos technocrates sombrés dans une technomanie galopante, tous, oui, aujourd'hui tous le savent : on ne pourra plus désormais faire impunément n'importe quoi n'importe où, le seul profit et encore moins le seul « prestige » ne seront plus la justification suffisante d'une opération, ni la rentabilité à court terme une circonstance atténuante. Il va falloir, à partir de maintenant, prendre au sérieux l'avenir de notre petite planète — la seule dont nous disposons — et veiller à ce que la vie, sous toutes ses formes végétale, animale, humaine, ne risque plus d'en disparaître sous les efforts conjugués des pollueurs, des massacreurs, des pyrotechniciens de l'atome ou des bétonneurs.

Cela veut dire, en clair, que quelque chose s'achève, qu'une ère se termine et qu'une autre commence : enfin...

Car il va tout de même falloir prendre les choses au sérieux, quand on nous promet que dans 900 ans — demain matin pour le biologiste ou le géologue ! — aux taux actuels de l'accroissement démographique, il y aura 60 milliards de bonshommes sur terre, 120 au mètre carré, mais qu'on parviendra à loger quand même, car il « suffira » pour cela de recouvrir la surface du globe entier d'un seul bâtiment qui ne comptera « que » 2 000 étages et où chacun, une fois défalquées les surfaces occupées par l'appareillage, disposera tout de même de... 2 à 3 mètres carrés : une histoire — mais cette fois au sens propre, hélas ! — à « dormir debout » ! Dans 5 000 ans, le poids de l'humanité serait supérieur à celui de la planète !

Mirabeau, à l'intention des promoteurs de grands ensembles et de gratte-ciel, l'avait cependant déjà dit : « Les hommes sont comme les pommes : quand on les entasse, ils pourrissent... »

⁂

Il faut humblement l'avouer : les trois grands monothéismes, les gens du Livre, *Ahel al-Kitab*, comme disent les musulmans, se sont enfermés dans la conception triomphaliste d'un homme préposé à la domination du monde, ayant spécifiquement reçu du Créateur un droit de vie ou de mort sur toute autre créature, et peu enclin à accepter la solidarité qui devrait unir tous les vivants, moins encore la pitié et la miséricorde.

Ce mythe orgueilleux de « roi » de la création est, il faut le reconnaître, parfaitement scripturaire, et l'on ne sera donc pas surpris de le voir s'installer à titre de postulat au cœur de la théologie chrétienne, de s'y barricader pendant des siècles et de ne guère manifester encore l'intention d'en sortir. Ajoutons d'ailleurs que ce puissant courant anthropocentrique, qui veut un cosmos créé pour une espèce animale particulière, l'*Homo sapiens*, s'est vu puissamment renforcé par l'insensibilité du cartésianisme à l'endroit de l'animal : la chienne du doux et pieux Malebranche méritait donc son coup de pied[1].

Les conséquences du postulat seront incalculables dans le domaine de la pensée mais aussi, ce qui est beaucoup plus grave, dans celui de l'éthique puisque la théologie chrétienne osera ignorer, sereinement et sans remords, l'effrayant et douloureux problème de la souffrance animale, l'Église continuant à se taire devant tant de manifestations de notre cruauté, la corrida, la chasse à courre, la chasse tout court, la très incomplète application du décret de 1964 sur les procédés d'abattage, les conditions scandaleuses de tant d'élevages en batterie, la vivisection insuffisamment contrôlée, etc.

Mais il faut remonter aux sources et ouvrir le livre de la Genèse. Dès le premier chapitre l'homme est appelé à

1. Voir l'animal objet, compagnon du frère, chap. 11, p. 208.

dominer[1] les animaux, à assujettir la terre[2], mais après le Déluge, à la sortie de l'arche, les droits régaliens de l'homme sont exprimés plus brutalement encore : « Soyez la terreur des êtres vivants, de tout animal de la terre, de tout oiseau du ciel, de tout ce qui se meut sur la terre et de tous les poissons de la mer : ils sont livrés entre vos mains[3]... » On sait assez avec quelle obéissance ce commandement a été observé, au point que l'on compte aujourd'hui par centaines les espèces vivantes exterminées, effacées à tout jamais de la terre par la sottise ou la rapacité de l'homme.

Les conséquences de cette prétendue « royauté » de l'homme sont partout. La création est faite en quelque sorte pour lui seul ; il va donc jouir d'un droit sans limites, celui de la soumettre à son usage et de la contraindre, au besoin par la plus extrême violence, à le servir.

D'un côté un propriétaire souverain, titulaire du *jus uti et abutandi*, de l'autre la propriété, animée ou inerte, mais identiquement soumise au bon plaisir du maître, taillable et corvéable à merci. L'homme d'un côté, la nature de l'autre, tous deux créés sans doute mais sans que l'homme ait le moindre sens de sa responsabilité morale, de l'interdépendance des êtres, de la profonde unité du monde vivant, de la sympathie qu'en son sein doivent manifester les éléments psychiquement les plus avancés. De cette orgueilleuse philosophie qui ne voit dans l'animal qu'un gibier et dans le

1. Genèse I, 26.
2. Genèse I, 28.
3. Genèse IX, 2.

cosmos tout entier qu'une « ressource », de ce triomphalisme élémentaire, les signes, hélas ! abondent. De belles maximes, au cours des siècles, excuseront tout, l'extermination des espèces, tous les massacres, toutes les chasses, même les plus sauvages, toutes les cruautés, y compris celles des divertissements sanglants, honte de prétendues « civilisations » qui ne sont trop souvent que barbaries mal camouflées.

Il m'est donc apparu nécessaire d'apporter ici quelques réflexions personnelles, un peu décousues peut-être, insuffisamment didactiques ou académiques sans doute au gré de certains, sur un thème ou à propos d'un thème qui ne saurait laisser indifférent le primate adulte et pensant et moins encore celui qui s'est baptisé lui-même, un peu prématurément, à en juger par son comportement, *sapiens*.

De ce problème général de l'attitude de l'homme en face de la nature ou, si l'on préfère, du cosmos, je voudrais tenter d'examiner, de survoler, tour à tour, les points suivants :

— qu'est-ce que l'homme par rapport à la nature ;

— où en est l'hominisation ;

— les étapes de la situation humaine au sein de la biosphère ;

— l'unité et la diversité ;

— nature vivante et foi chrétienne.

Et si j'ose aborder un thème dont l'ampleur démesurée, à la réflexion, aurait de quoi décourager celui qui, non sans quelque imprudence, je le crains, entreprendrait de traiter un si vaste sujet, c'est que perdure à mes côtés l'ombre familière de deux incomparables amis qui ont enrichi l'un et l'autre, chacun à sa manière d'ailleurs, mon esprit et mon cœur. L'un fut un ardent prophète de l'espérance, auquel un tempérament optimiste devait dissimuler parfois peut-être certains aspects douloureux du réel, l'autre aura été l'héroïque champion des causes justes et impopulaires — vous excuserez le pléonasme —, l'ami de toutes les victimes de la violence, de tous les meurtris, de tous les spoliés. Je dois beaucoup à l'un comme à l'autre de ces hommes si différents mais avançant sur des chemins convergents vers une même lumière, le père Teilhard de Chardin et Louis Massignon.

Je tiens enfin à souligner ici le rôle joué par mon neveu Pascal Monod dans la conception, l'élaboration et la mise en forme de ce petit volume. Ce dernier lui doit plus qu'on ne le saurait dire ; il était juste de le rappeler, *cuique suum*...

Première partie

L'homme et la nature

VESPER

La nuit tombe et déjà s'efface la colline.
Seul devant le mystère où grouillent les dangers,
Seul dès l'aube, à midi, seul quand le jour décline,
Seul au milieu des siens, intimes étrangers,
Acteur inconscient on a joué son rôle,
Et mimé tour à tour, en bouffon solennel,
Le pitre et l'ingénu, le saint, et puis le drôle ;
Imposteur innocent, raisonnable et charnel,
Acclamant l'idéal et suivant la nature,
Conciliant sans peine et « Devoir » et plaisir ;
Aveugle on a marché, sans guide, à l'aventure,
Aux chemins imposés qu'on avait cru choisir.
Mais le vent s'est levé qui va tarir la sève ;
L'heure a sonné, la mort approche : ô vérité,
Va-t-on soudain pouvoir, s'éveillant d'un long rêve,
Entrer, vivant enfin, dans la réalité ?

(à dos de chameau, Mauritanie, mars 1949)

Chapitre 1

Dedans ou dehors ?

L'homme fait-il partie de la nature ou occupe-t-il une situation extérieure à celle-ci ? Je n'ignore pas les dimensions d'un pareil problème, qui commence d'ailleurs aux nombreuses acceptions du mot « nature ». Philosophes, métaphysiciens, théologiens trouveraient ici ample matière à disputation, mais un large consensus se dégagerait, j'en suis convaincu, en faveur d'une discrimination foncière, radicale, entre l'homme et l'animal.

Par contre un brillant biologiste français, le professeur Jacques Monod, déclarait en 1965 que le problème de la spécificité de l'homme ne se pose pas pour le biologiste, que l'activité mentale, conceptuelle, pourrait bien relever des lois de la sélection naturelle et que la morale elle-même peut être abordée d'un point de vue tout biologique.

A la même réunion, qui se tenait à Genève, mon ami Vercors revenait sur une question qui le hantait depuis des années : où découvrir le critère qui permettra de distinguer l'homme de l'animal ? Ce n'est pour lui ni l'anatomie ou la physiologie, bien sûr, ni l'intelligence, ni le développement du cerveau, ni même peut-être le langage puisque, si rien ne prouve que l'homme de Neandertal ait parlé, par contre les dauphins possèdent de surprenants moyens de communication à distance. Enfin, l'art lui-même ne serait pas absolument spécifique à l'humanité, certains animaux paraissant présenter, au moins à l'état latent, un sens esthétique.

Alors ? Que va-t-il rester ? On connaît la solution proposée par Vercors : l'homme est l'être qui, s'il ne sait pas pourquoi il existe, seul reconnaît et refuse cette ignorance.

Dans *Les Animaux dénaturés*, Sir Arthur Draper se fait le porte-parole de l'auteur : « La différence entre l'intelligence de l'homme de Neandertal et celle d'un grand singe ne devait pas être bien grande en quantité. Mais elle a dû être énorme dans leur rapport avec la nature : l'animal a continué de la subir, l'homme a brusquement commencé de l'interroger. Or, pour interroger, il faut être deux : celui qui interroge, celui qu'on interroge. Confondu avec la nature, l'animal ne peut interroger. Voilà, il me semble, le point que nous cherchons. L'animal fait *un* avec la nature. L'homme fait deux. Pour passer de l'inconscience passive à la conscience interrogative, il a fallu ce schisme, ce divorce, il a fallu cet arrachement. N'est-ce point la frontière, justement ? Animal avant l'arrachement, homme après lui ? Des animaux dé-naturés, voilà ce que nous sommes. »

En réalité, et nous y reviendrons, je ne pense pas que le problème des rapports entre l'homme et la nature puisse se voir résolu dans l'abstrait, *a priori*, et sans tenir compte d'une catégorie qui informe désormais toute la pensée humaine, celle du temps.

Les philosophies et les dogmatiques qui affirmaient comme un axiome la situation *ab initio* privilégiée d'un prétendu et d'un soi-disant « roi de la Création », représentant à lui seul une sorte de règne humain distinct d'un règne « animal » et incommensurable à ce dernier —, ces philosophies, prisonnières d'une conception statique du monde, ignoraient ce que nous commençons à entrevoir et de l'antiquité de l'homme et de son origine zoologique.

Le fait de l'évolution confère cependant à l'histoire naturelle, avec une dimension temporelle, sa pleine qualité d'Histoire et, par conséquent, d'explication du présent par le passé.

Plusieurs biologistes philosophes — je songe par exemple à Julian Huxley et à Albert Vandel — ont récemment et, pour autant que je sache, de façon indépendante, fortement insisté sur ce qui oppose dans l'histoire humaine le stade d'une évolution biologique et celui d'une évolution psycho-sociale, la première ayant suivi la loi commune des phylogenèses animales, l'autre, au contraire, impliquant une vie en société permettant — je cite Albert Vandel — : « la réaction du langage et du symbolisme, l'édification des concepts, la mise en réserve des nouvelles acquisitions sous forme, non d'hérédité biologique, mais de tradition orale ou écrite, et sa transmission grâce à l'éducation ».

Pour Albert Vandel toujours, « l'avenir du vivant doit être conçu plutôt sous forme de société que d'individu. Il apparaît que l'humanité est en voie de transformation en une super-société, bien plutôt qu'en un peuple de surhommes doués d'un super-cerveau. L'humanité s'occupe à larguer les amarres qui la retiennent encore au domaine de l'évolution biologique. A toutes voiles, elle se dirige vers d'autres horizons, afin d'atteindre un autre monde, celui de l'évolution psycho-sociale ».

Pour Julian Huxley la « percée » — le *breakthrough* — qui a vu « déboucher » le phylum humain serait à certains égards comparable à celui qui, il y a quelque 300 millions d'années, a vu, avec le passage de la vie aquatique à la vie aérienne, un groupe de poissons crossoptérygiens (auxquels n'appartient d'ailleurs pas, quoi qu'en puissent penser les journalistes, le cœlacanthe) se transformer en amphibiens.

Je ne suis pas certain que l'on doive tenir, à l'intérieur de l'espèce humaine, une évolution biologique *et* une évolution psychosociale pour nécessairement et distinctement successives : la noosphère — ou, comme Julian Huxley préfère l'appeler, le noosystème — vient-elle vraiment *relayer* la biosphère ? Je penserais plutôt qu'elle se contente de se superposer, et avec beaucoup de modestie jusqu'ici, à cette dernière. Peut-être l'homme est-il en voie d'humanisation mais il n'est pas moins certain qu'il demeure, et par son corps et par le redoutable poids de ses instincts ancestraux, très solidement enraciné dans le pré-humain. « Nous sentons le fauve », nous rappelait le pasteur Marchal, après Julian Huxley : « Nos pieds pataugent encore dans la boue biologique, même quand nous dressons délibérément nos têtes dans l'air. » C'est l'évidence et j'y reviendrai, car notre ignorance et notre orgueil — deux puissances qui font toujours très bon ménage — ne nous incitent que trop souvent à l'oublier.

Il n'est nullement certain non plus que l'évolution biologique soit interrompue ou même ralentie par l'apparition de l'homme. Non seulement le reste du monde vivant poursuit sa marche mais l'homme lui-même va sans doute continuer à se transformer. Vers quelque super-homme hypercéphalisé et édenté ou vers le déclin précoce d'un phylum déjà à bout de course, relayé, comme tant d'autres dans le passé, par un autre, mieux adapté ? Nous l'ignorons. Il est vrai que l'homme, échappant peu à peu aux contraintes de l'évolution biologique, se trouve désormais de plus en plus en mesure de diriger lui-même sa destinée génétique, perspective d'avenir à la fois exaltante et terrifiante.

DIVERTISSEMENT

Chacun se divertit de son mieux : la bouteille,
Le timbre-poste, ou la pétanque, ou la rondeur
D'un sein charmant, les dominos ou la splendeur
Des ors, les Pères grecs, ou le Dante ou Corneille...

Autant d'êtres autant de choix et de façons
Pour oublier l'horreur de l'humaine aventure,
Pour refuser d'ouvrir les yeux sur la Nature,
Pour nier de la Mort l'approche et les leçons :

L'un s'en ira noyer son mal dans la prière,
L'autre dans la débauche ou la profession,
L'un chassera la fille et l'autre le lion :
Gibiers divers mais unique objet : se distraire...

Tout est bon quand il faut précipiter la fuite,
Oublier l'endemain, aveugler la raison,
Se convaincre que peut perdurer la saison
Des fleurs et sans espoir reprendre la poursuite.

« Pitoyables malins, pauvres ingénieux,
Allez, venez, courez, agitez-vous sans cesse.
Le ressort est bandé d'un piège qui ne laisse
Nul échapper, pantins, aux rets fallacieux !

Aux ténèbres du soir pêle-mêle entassés,
Cadavres réunis en amical conclave,
Le chaste et le galant, le rieur et le grave,
Vous en irez pourrir aux fraternels fossés.

Tourbillonnez gaiement, battez vos entrechats,
Soyez fort occupés, faites la révérence...
La Mort seule pour vous a fixé l'échéance
Où s'entrebaiseront et nobles et goujats. »

(Benghazi, septembre 1933)

Chapitre 2

Du biface à la bombe

Si l'on cherche à définir les trois stades ou états principaux que l'on croit pouvoir reconnaître dans l'évolution humaine, je les appellerais volontiers : la *biocénose*[1], le *divorce* et la *réconciliation*.

La biocénose

Adaptation et résignation : l'équilibre spontané.

L'homme, d'abord, n'est, et ne peut être, qu'un des éléments de la biocénose dont il fait partie. C'est un mammifère récolteur et prédateur parmi bien d'autres. Dans le cycle écologique régional, le chasseur d'antilopes au bois de jet ou à l'arc est-il encore autre chose qu'un carnassier

1. Association équilibrée d'êtres vivants, végétaux et animaux, occupant un habitat déterminé.

légèrement perfectionné, ou, plus exactement, récupérant par un modeste artifice technique les désavantages de son handicap morphologique (musculature, dentition, ongles, etc.) ? Dans la chaîne alimentaire du type plante-herbivore-prédateur, homme, panthère, lion, guépard occupent des niches sensiblement identiques. Les équilibres naturels, en tout cas, sous cette forme de prélèvement alimentaire, ne semblent pas encore menacés, ou du moins les fluctuations pouvant s'inscrire dans les cycles proie-prédateur ne trouveront-elles pas leur origine dans la seule activité humaine.

Ni le chasseur, ni le pêcheur, ni le ramasseur ne seraient autre chose, à ce stade, et tant que leur nombre demeurera négligeable et leur technologie archaïque, qu'un des éléments, *inter pares*, de la biocénose, un des rouages parmi tant d'autres, d'une réalité cosmologique où l'homme va se découvrir directement inséré.

Sans doute le stade « biocénotique » *sensu stricto*, avec sa prédominance de réponses encore instinctives aux sollicitations du milieu, ses possibilités d'adaptation directe aux conditions naturelles et à leurs variations, est-il en fait un stade « fossile » et, sous ses formes vraiment typiques, sans exemple contemporain.

Technologies primitives : l'équilibre obtenu.

Avec le perfectionnement de l'outillage, avec, en particulier, l'apparition d'une part de la hache, de pierre d'abord, puis de métal, celle de l'arc et de la flèche de l'autre, une efficacité nouvelle va s'attacher aux activités humaines. L'agriculture va exiger le déboisement, désormais possible, et la dent du bétail viendra prolonger, et intensifier, la pression exercée sur le couvert végétal.

Les moyens, et par conséquent les dégâts, demeurent cependant encore limités. L'homme s'est installé, avec une économie de production sans doute, mais de type encore proche de ses origines néolithiques, dans un cosmos auquel il se sait appartenir, à l'intérieur duquel il lui faut agir. Homme et animal font partie d'une même totalité organique au sein de laquelle les interventions humaines, généralement des traumatismes, exigeront des précautions et des justifications diverses, largement rituelles, qui seules permettront à l'ordre cosmique de se perpétuer : il faut que la pluie tombe, que le grain lève, que les femmes conçoivent...

C'est à un climat mental de ce type que faisait allusion, en ces termes, un africaniste français[1] : « On ne peut échapper au sentiment que cette sympathie de l'homme et de la nature, cette communion constante de l'homme et de ses environs, est une des beautés de la religion noire. Elle donne à ces peuples une vision plus vaste, un sentiment plus large que l'intérêt pour l'humanité seule, où nous ont enfermés tant de philosophies. Elle est une fraternité avec le monde total dont nous avons perdu jusqu'à la conception. »

---

1. Hubert Deschamps, *Les Religions africaines*, « Que-sais-je ? », PUF, 1954.

Sans doute, mais cette « communion », cette « fraternité » ne demeurent-elles pas foncièrement pragmatiques, « opératoires » et de l'ordre des recettes plus que de celui des sympathies ? L'effrayante absence de pitié pour la souffrance animale, si elle n'est, hélas ! pas spéciale aux humanités pré-techniques, empêchera cependant d'ignorer ce qui manque à ces dernières (comme à tant d'autres !) dans le domaine de l'éthique.

Les liens magiques et symboliques de l'homme avec la nature sont des promesses, et des garanties d'efficacité : il n'y a à aucun degré, semble-t-il, ce que nous appellerons, nous, le respect de la vie. Les « ressources naturelles » ne peuvent être appropriées et utilisées qu'au prix d'un certain cérémonial : on observera la règle du jeu, mais sans mettre en cause le principe, ou seulement les conséquences de ce dernier.

Le progrès technique, lentement, s'est affirmé et avec lui la confiance de l'homme en sa force, son optimisme, ses appétits. Les sages barrières du rituel ne vont plus tarder à sauter.

Le divorce

A partir d'un certain degré de puissance, en effet, l'homme n'est plus une des « parties prenantes » de la chaîne écologique. Il va sauter en dehors du dispositif naturel auquel hier encore il appartenait et auquel le maintenait lié un pacte magico-rituel. Il va pouvoir dès lors intervenir de l'extérieur, dans le sens que l'on devine, libéré de tout scrupule et avec des moyens matériels sans cesse perfectionnés : 4 fusils, en une campagne qui n'est que la première d'une série, démolissent 356 antilopes Addax. A ce rythme, la prédation est devenue destruction, la *Raubwirtschaft*, l'« économie de proie », peut enfin se donner libre cours, le divorce entre l'homme et sa biocénose est acquis, celui qui obéissait désormais commande ; la nature pour lui est plus une proie à saccager qu'un capital à ménager.

L'agression se développera dans tous les domaines, quadruplement favorisée dans le domaine technologique par un accroissement vertigineux de puissance ; dans celui de la pensée, par l'avènement de l'esprit scientifique ; dans celui des religions monothéistes, par un extraordinaire épanouissement des aspects les plus discutables de l'anthropocentrisme, l'orgueil, l'absence de sympathie pour les autres êtres vivants, la mystique de l'homme « roi de la création », etc ; enfin dans celui des structures socio-économiques, par le passage d'une économie de subsistance largement compatible avec le caractère communautaire des civilisations traditionnelles, à un système individualiste fondé sur le profit et prêt à écarter de son horizon limité tout ce qui ne se révélera pas immédiatement « rentable ».

Il n'est pas douteux, par exemple, que le tiers monde, légitimement soucieux du bien de ses habitants, sera tenté, pour acquérir les ressources indispensables à son accroissement, d'aborder le problème de ses ressources naturelles dans la seule perspective de l'économique. Au moment même où, ailleurs, les États modernes ont enfin reconnu, ou sont en train de découvrir, les multiples raisons pour lesquelles s'imposent une protection intelligente de la nature et une gestion sagement ménagée de ses ressources.

La réconciliation

Il semble en effet que l'homme soit en train de prendre conscience de ses responsabilités à l'égard d'une nature dont il n'est, à tout prendre, que l'usufruitier temporaire et dont il demeure comptable vis-à-vis de ses descendants. Il ne s'agit plus dès lors ni de subir passivement les injonctions d'un cosmos tour à tour hostile ou bénéfique, dont le rite détournera les coups ou prolongera les munificences, il ne s'agit plus, d'autre part, de se livrer à un joyeux et intense pillage, licite tant qu'il sera « payant », il s'agit désormais de compréhension, d'aménagements médités, d'interventions mesurées, de respect de la nature, de la condamnation de toute destruction inutile, de la restauration systématique des paysages dévastés, etc. A ce prix, le dialogue va pouvoir reprendre, le triste chaos de l'époque fera place à des équilibres, à des harmonies, au sein desquels un *Homo sapiens* méritant enfin son nom spécifique découvrira, au sein d'un monde en voie d'unification sans cesse croissante, des moyens nouveaux d'accéder à ce que

Pierre Teilhard de Chardin appelait les bonheurs de « croissance » et de « développement », les seuls qui, pour lui, peuvent permettre à l'homme de déboucher enfin dans la « zone des grandes joies stables ».

La paix, dès lors, devient possible, avec les choses, avec les êtres, « la paix que, sans traités et sans signatures, l'homme, libéré par la pitié, peut déjà conclure avec ceux dont il est le maître, cette paix qui, une fois fondée, s'étendra, d'individu à individu et de nation à nation, à toutes les créatures de la misérable race humaine : lesquelles, mais seulement alors, souffriront moins elles-mêmes quand elles auront appris à ne pas faire souffrir[1]. »

Même si le but n'est pas en vue, même si des siècles de ténèbres doivent précéder encore la naissance d'une religion de la pitié et d'une éthique de la sympathie, ne faut-il pas, dès aujourd'hui, tenter de discerner l'orientation et le tracé de notre terrestre sentier ?

Il y a, pour moi, une pierre de touche des morales, des religions, des lois, des mœurs : l'attitude prise devant la souffrance des animaux.

Problème à la fois effrayant et douloureux, mais qui ne semble guère avoir retenu l'attention des théologiens, à l'intérieur du moins des trois grands monothéismes du Livre. Ceux-ci, prisonniers d'une conception triomphaliste d'un homme préposé à la domination du monde, avec droit de vie ou de mort sur toute créature, ignorant la solidarité qui unit tous les vivants, ne se sont pas ouverts à une

1. René Béhaine.

pitié que leurs textes sacrés, hélas ! ne préconisaient qu'avec une extrême discrétion ou pas du tout.

Des individus, bien sûr, de siècle en siècle, ont, malgré le coupable silence de leurs Églises respectives, su déboucher sur une éthique de la compassion et, pour isolés et « ponctuels » soient-ils, ces exemples demeurent admirables.

Voici un moine nestorien du VIe siècle, Isaac de Ninive, qui écrit : « Qu'est-ce que le cœur charitable ? C'est un cœur qui s'enflamme de charité pour la création entière, pour les hommes, pour les oiseaux, pour les bêtes, pour les démons, pour toutes les créatures, sans que ses yeux ne se remplissent de larmes à cause de la compassion immense qui saisit son cœur. Et le cœur s'adoucit et ne peut plus supporter, s'il voit ou s'il apprend par d'autres une souffrance quelconque, ne fût-ce qu'une peine minime infligée à une créature. C'est pourquoi un tel homme ne cesse de prier aussi pour les animaux, pour les ennemis de la Vérité, pour ceux qui lui font du mal, afin qu'ils soient conservés et purifiés. Il prie même pour les reptiles, mû par une pitié infinie qui s'éveille dans le cœur de ceux qui s'assimilent à Dieu. »

Voici un poète mystique bagdadi, Abou Bakr Chîbli ; quand il mourut en 945, l'un de ses disciples le vit en songe et l'entendit raconter : « Dieu m'a fait venir et m'a dit : — Sais-tu pourquoi je t'ai donné ma miséricorde ? — C'est parce que j'ai beaucoup prié ? — Non pas — Parce que j'ai beaucoup jeûné ? — Non plus. C'est parce qu'un soir pluvieux d'hiver, dans une rue de Bagdad, tu as ramassé une chatte abandonnée et l'as réchauffée dans ton manteau. »

Voici Lanza del Vasto, qui, à propos d'un bel insecte dont « les hiéroglyphes de la cuirasse » sont « comme les lettres d'un texte retrouvé », ajoute : « Rends-le à la plante qui te l'a prêté, confie-le à la fleur de sa couleur et vois comme en ce bain de similitude, il se réjouit avec ses petites pattes. Toi aussi, réjouis-toi de cette belle rime. Tu traiteras avec les mêmes courtoisies serpents, scorpions, tarentules et toutes espèces de bêtes nuisibles. Nuisible, tu l'es toi-même plus que la bête : est-ce toi-même que tu voudrais punir en elle ? Laisse-la partir, et tes malices avec elle. »

On me dira : la nature elle-même est cruelle... bien sûr et qui oserait l'oublier ? Il importe de ne pas céder aux fallacieuses tentations d'un optimisme facile devant une nature trop souvent réduite, pour les besoins de la cause, à l'esthétique polychromie des corolles, au vol léger des papillons, au chant joyeux des « petits oiseaux »... La niaiserie la mieux intentionnée et parfois, hélas ! la plus pieuse ne pourra plus jamais nous cacher la réalité : le « tout est pour le mieux dans le meilleur des mondes possible » est désormais inscrit, en lettres de sang, au portail d'un abattoir et d'un charnier.

Seulement, ce n'est pas parce que la nature est cruelle que l'homme doit le rester à son tour. Au contraire : il y a en effet déjà bien assez de souffrances « naturelles », que nous n'empêcherons pas tant qu'il y aura des carnivores, des prédateurs et des parasites, pour que nous n'allions pas, par notre sottise, en ajouter d'autres, celles-ci parfaitement évitables puisqu'elles ne dépendent que de nous.

Il y a eu saint François ? Sans doute, mais que ce dernier ne nous serve pas d'alibi ! Soyons sérieux : pour un Poverello combien de bourreaux, combien de « valeureux Nemrod », comme dit le journal local montrant à côté du rapace qu'il vient d'assassiner (au mépris d'ailleurs d'une loi récente et tardive) le primate tout fier de sa sarbacane à feu — car il s'attache encore en plein XXe siècle une sorte de considération à l'homme armé.

Un pays d'ailleurs qui tolère dans ses relations avec l'animal les excès les plus barbares et chez qui la manifestation des plus troubles appétits jouit encore de l'indulgence des lois, un tel peuple est-il mûr pour la révélation qui l'arracherait à sa sauvagerie ? En est-il seulement digne ?

Un pays qui n'ose pas interdire la chasse à courre, les combats de coqs ou les courses de taureaux a-t-il le droit de se prétendre civilisé ? On peut en douter.

J'avais cité un jour à Louis Massignon le cri bouleversant d'une grande sainte, en l'appliquant aux animaux : « Qui leur rendra leurs larmes ? » Notre ami me répond aussitôt : « Je suis profondément avec vous dans cette compassion pour tout ce qui vit... Je crois, comme vous, qu'une réparation de justice est due à ces " âmes mortelles ", qui les immortalisera. Contrairement au cartésien géométriquement cruel, je ne pense pas que la gazelle qui, forcée à la course, s'agenouille et pleure, soit insensible. A elle aussi, je crois qu'on " rendra des larmes ". Je me souviens de ma dernière chasse : vexé d'avoir raté quelques proies, je visai et tuai une alouette, et sa chute me déchire encore le cœur... »

Louis Massignon, le cheikh admirable, était la compassion incarnée, mais, comme saint François, il n'a guère de disciples. Teilhard lui-même ne semble pas avoir insisté sur la souffrance des créatures et les exigences de l'éthique à leur égard. Sans doute ne doit-on pas trop lui reprocher certains textes de 1916 où l'auteur se console un peu vite à mon gré des « échecs secondaires », des existences « piétinées » ou « sacrifiées » et invite ensuite les « obscurs, les inutiles, les manqués » à se réjouir — je cite — « de la supériorité des autres dont ils soutiennent ou paient le triomphe ». Les formules ultérieures se feront sans doute moins abruptes, mais elles n'en continuent pas moins à exprimer une certaine résignation devant l'existence d'un inéluctable déchet ; en somme, « cela fait partie du programme », « c'est le prix à payer », et le résultat compterait seul. Je crois une universelle compassion plus conforme à l'idéal des Béatitudes et préfère laisser aux enfants du siècle les trop faciles consolations du dicton sur les œufs et l'omelette, la phrase d'un de nos célèbres généraux : « On ne fait pas de la colonisation avec des pucelles », et, dans la bouche d'un chef plus illustre encore, les prétendues « bavures » d'une guerre récente. Je n'aime d'ailleurs pas ce trop fameux proverbe des œufs cassés et de l'omelette. Non que je discute le fait, trop évident. Mais je nie la conséquence sous-entendue. Car quand les œufs sont des crânes humains, ou des visages de fillettes, alors ne faudrait-il pas plutôt, tout simplement, supprimer l'omelette du menu et recourir à de moins affreuses, à de moins diaboliques nourritures ?

Pour un Albert Schweitzer ni la torture d'un homme, ni la cruauté à l'égard d'un animal, ni même l'inutile destruction d'une plante ne seront de simples et acceptables « bavures » : ce sont des délits caractérisés contre la loi morale. On connaît cette page, désormais classique, où il raconte comment, un jour de septembre 1915, en bateau sur l'Ogooumé, il avait eu une révélation décisive, celle du respect de la vie comme fondement de l'éthique :

« Dans cette Afrique équatoriale habituellement si humide c'était la saison sèche et nous remontions lentement le courant, glissant furtivement, essayant laborieusement de deviner l'orientation des passes entre les bancs de sable du fleuve Ogooumé. Perdu dans mes pensées j'étais assis sur le pont du chaland, m'efforçant simplement de me faire une idée claire et simple de l'éthique que je n'avais découverte dans aucune philosophie. Les feuilles défilaient sous ma plume couvertes de phrases sans lien les unes avec les autres. Je voulais simplement rester concentré sur le problème. Le troisième jour, tard dans la soirée, juste à l'instant où dans le soleil couchant nous nous faufilions à travers un troupeau d'hippopotames, quelque chose d'imprévu me frappa comme une lumineuse évidence jamais encore formulée : “ respect de la vie ”. La porte de fer avait cédé, voici que le sentier apparaissait dans la forêt touffue. Enfin j'avais tracé le chemin qui mène à cette idée qui englobe à la fois les mondes, l'affirmation de la vie, la morale : je savais maintenant que la perspective universelle sur le monde éthique — sur l'affirmation de la vie avec ses idéaux de civilisation — est fondée sur la pensée. Ainsi pour moi l'éthique n'est pas autre chose que le respect de la vie[1]. »

Dans la perspective désormais élargie où nous placent la découverte de la parenté et donc de la solidarité des êtres, comme le sens croissant de l'unité du cosmos, un changement d'attitude se révélera-t-il possible, avec le double et tardif épanouissement chez l'homme de l'humilité et de la pitié ? On souhaiterait parvenir à le croire.

Mais le bon grain est semé ; avec le principe du respect de la vie proposé comme règle générale, Schweitzer — rejoignant ici d'ailleurs nombre de précurseurs qu'il serait injuste d'oublier — établit la morale et, partant, la civilisation véritable sur des fondements nouveaux.

Avec lui la pitié étendue à l'ensemble des êtres va devenir le véritable signe d'une civilisation digne de ce nom. Et ce sera dans la mesure où l'homme acceptera de la pratiquer et d'en exiger légalement l'exercice qu'il prouvera s'il est ou non capable de s'évader de la préhistoire.

Mais la compassion, la miséricorde, la pitié ne sont pas des sentiments naturels, instinctifs. Ce n'est pas dans cette direction que coule, à flots pressés, le torrent de nos hérédités : l'inconsciente cruauté des enfants suffirait à le prouver. La pitié est une difficile et laborieuse conquête, sans cesse à recommencer et dont les exigences poseront chaque jour à la conscience individuelle de nouveaux problèmes.

Car — et Schweitzer l'avait lui-même reconnu — si le principe doit demeurer absolu, en fait, dans notre condi-

1. Albert Schweitzer, *A l'orée de la forêt vierge.*

tion d'hommes insérés dans des situations réelles, et non plus théoriques, l'obéissance totale, parfaite, devient difficile, devient impossible : le moine jaïn lui-même est-il certain d'y toujours parvenir ? Qui peut savoir, en mettant au feu un morceau de bois, si celui-ci ne renfermera pas en son cœur quelque larve d'insecte, ni sous son écorce quelque minuscule acarien ? Et il y a les infiniment petits, ceux qu'on ne voit pas.

Toutes les religions le savent bien — ou devraient le savoir : si l'orthodoxie est aisée, c'est l'eupraxie qui est difficile et qui engage, elle, sérieusement notre comportement.

La tentation du « tout ou rien » sera donc repoussée, ici aussi. Il se peut que l'homme soit aujourd'hui encore contraint de tuer les êtres vivants et, si l'alimentation carnée ne paraît pas nécessaire, peut-on déjà se passer de cuir ? Et les plantes, nous fait-on remarquer, sont-elles moins vivantes que l'animal ? Non, bien sûr, mais il y a tout de même au moins une différence radicale entre le cruel égorgement d'une bête et la cueillette d'un épi de blé, c'est que le second ne souffre pas.

Au fond c'est peut-être en fin de compte la souffrance qu'il faut épargner à tout prix à l'animal, plus encore que la mort. Il y a même des cas où la pitié exige que des souffrances soient abrégées par une mort aussi rapide et miséricordieuse que possible.

Les incidences pratiques de ces réflexions sont évidentes et inévitables. Certains progrès, tout récents d'ailleurs, s'esquissent, même en France, dans le traitement des animaux de boucherie. Ils sont timides encore, sans doute, et bien insuffisants, mais représentent cependant un espoir.

Il est d'ailleurs frappant, et symptomatique, de découvrir que dans le passé au moins la protection légale de l'animal, loin d'être fondée sur des droits reconnus à ce dernier, a trop souvent reposé sur une conception tout anthropocentrique de la morale ; on rapporte que quand un ministre portugais du XVIIIe siècle fit supprimer les courses de taureaux avec mise à mort, il dit simplement à son souverain qu'il n'y avait « pas assez d'hommes dans le pays pour en sacrifier un à un taureau[1] », et notre timide loi Grammont semble avoir visé peut-être non pas tellement la cruauté envers les animaux en soi que ses incidences sur les mauvais instincts de l'homme : pour un peu on se fût davantage préoccupé de la santé morale du bourreau que des souffrances de sa victime...

1. *Atlas*, n° 67, avril 1966, p. 79.

Deuxième partie

L'hominisation

ÉTAPES

Le granite du mont, aux implacables meules
Du Temps se fond en poudre et le sable à son tour
En roc se pétrifie et la lande au labour
Comme au verger la ronce et l'épine aux éteules

Succédera ; l'orgueil érigé des cités
En humbles tumuli rejoint Ur et Ninive,
Le continent, largué sur l'Océan, dérive,
Le pôle vagabonde et l'ardeur des étés

Aux gouffres cristallins et bleus du glaciaire
S'abîme, le mammouth ébranlant de son trot
Le sol parisien... Chaque cycle, en écot,
Payant sa page neuve aux plombs du bestiaire,

La planète est livrée au monstre saurien
Mais le rideau se lève et s'achève son règne :
Du reptile géant se rit la musaraigne,
Avant-garde, déjà, du singe historien.

Le Primate à son heure accède à la puissance :
Pathétique histrion, maladroit bateleur,
De l'arbre tout entier deviendra-t-il la fleur,
Exprimant de la Vie et l'objet et l'essence ?

Va-t-il, couronnement de l'antique édifice
Sur l'animal substrat greffer la forme humaine,
Ou, vaniteux démon, saccager un domaine
A de fugaces gains offert en sacrifice ?

De l'éternel nisus aux cîmes adressé
Va-t-il, son but manqué, lasser la patience ?
Faudra-t-il à nouveau tenter l'expérience
Et trouver un relais au bipède évincé ?

Qu'importe, si la course en triomphe s'achève,
Si de ces morts partout jalonnant le chemin
L'Esprit de ses clartés touche le lendemain,
En notre nuit versant l'or et l'éclat du rêve ?...

Chapitre 3

Nature et liberté

Bien entendu, je n'aurais garde de tenter une définition, inutile ici, de deux termes qui ont, l'un et l'autre, et depuis des siècles, si fort occupé la pensée humaine. Mon propos, plus modeste, sera celui que s'était fixé Édouard Leroy dans *Les Origines humaines de l'évolution de l'intelligence* (1908), ouvrage déjà si chargé d'influences teilhardiennes : définir les racines biologiques de la liberté. C'est donc à l'intérieur du cadre de l'évolution du monde vivant, peut être même du monde tout court, que vont s'inscrire ces modestes remarques.

Chacun le sait aujourd'hui, il est devenu impossible et, d'ailleurs, impensable, d'envisager l'univers et son histoire (car il en a une) en dehors de la notion d'évolution, donc de transformation et de devenir. Le cosmos aristotélicien, stable, immuable, éternellement immobile, a cédé la place à un univers non pas fait, mais qui se fait sans cesse, comme disait Bergson, auquel répondait en écho le biologiste Vandel : « Le changement n'est pas un accident, c'est la loi même du monde. Il convient de remplacer la philosophie de l'immuable par celle du changement. »

A l'intérieur du cosmos, tout va donc par conséquent se tenir. Il pourra exister des transitions, des seuils, des niveaux d'évolution, des paliers, mais la chaîne demeure, d'un bout à l'autre, d'un seul tenant. A travers le fil unique passera un formidable courant ascendant d'énergie puis, en plus, de conscience, avec la vitalisation de la matière et l'hominisation de la vie.

Cette lente épopée de la diversification à l'intérieur du continuum de l'univers, personne ne l'a décrite et, pourrait-on dire, chantée avec plus d'éloquence et de ferveur que Teilhard de Chardin. Pour lui, l'unité des choses et des êtres est axiomatique : « Le grain de vie puis le grain de pensée succéderont au grain de matière », celle-ci étant en état de genèse dès son origine, en cours d'ascension vers un état supérieur et, le moment venu, vers du spirituel. Le cosmos tout entier a une histoire où, dit Teilhard, « matière et esprit seraient englobés dans une même explication cohérente et homogène du monde ». « Pour tout esprit moderne, poursuit-il, la conscience est pour toujours apparue d'un mouvement universel, absolument spécifique, en vertu duquel la totalité des choses, du haut en bas, se déplace solidairement et d'un seul tenant, non pas seulement dans l'espace et le temps, mais dans un espace-temps dont la courbure particulière va rendre ce qui s'y meut de plus en plus arrangé. »

Matière et esprit ne seraient donc que les deux faces d'un même objet. Il n'y a pas deux compartiments étanches ; le domaine de la matière et celui de la vie, le monde atomique des molécules et le monde cellulaire des plantes et des animaux, mais une réalité unique où Teilhard ira jusqu'à imaginer que la matière elle-même puisse abriter déjà un germe de conscience.

Pour Vandel, également, on peut difficilement mettre en doute l'origine commune de la matière inanimée et de la substance vivante. La vie a deux faces, dont les limites restent impossibles à préciser.

Qu'on l'admette et la gigantesque trajectoire de l'évolution se déroulera sans coupures majeures, et par une complexification croissante, des agrégats de la matière à la cellule vivante, des mailles du cristal aux mammifères, aux primates et à l'homme, témoignant ainsi de la lente ascension d'une conscience, d'un esprit et, par conséquent, d'une autonomie et finalement d'une liberté morale.

J'ai eu la chance de découvrir dans l'Adrar de Mauritanie quelque chose de particulièrement intéressant en ce qui concerne la compréhension des débuts de la vie sur la Terre. Il se trouve que j'ai beaucoup étudié une gigantesque structure circulaire que l'on appelle les Richât. C'est un accident géologique dont on a longtemps discuté l'origine et qui constitue un véritable musée, tant la variété et la diversité des roches qu'il renferme est importante.
Au centre de ces Richât, j'ai trouvé tout à fait par hasard des microfossiles, presque invisibles à l'œil nu, inclus dans une roche siliceuse qui leur a assuré une conservation parfaite. Mon collègue Edouard Bourreau les étudie depuis des années, à partir de lames minces de grande dimension

qu'il réalise et qu'il observe au microscope. Ces petits organismes datent d'environ 800 millions d'années et se répartissent en deux groupes, les sphéroïdes, cellules sphériques creuses et sans noyau, qui sont vraisemblablement des algues unicellulaires comme les cyanophycées, et les cocoïdes, plus petites, qui sont des bactéries.
Edouard Bourreau a abouti à une série d'hypothèses sur la nature de ces organismes et sur le lien que l'on peut établir entre eux, et ses réflexions vont très loin dans l'interprétation de l'évolution de la cellule vivante. Il pense que nos cellules eucaryotes seraient nées d'une symbiose entre du matériel bactérien et du matériel alguaire. Ce n'est d'ailleurs pas la première fois que l'on formule cette hypothèse.
Au niveau de ces microfossiles, ce sont les cocoïdes qui auraient introduit, à l'intérieur des sphéroïdes, les organites qui seraient ensuite devenus des noyaux. On remonte là à une époque où la vie n'existait que sous la forme d'une soupe originelle à l'intérieur de laquelle commençaient à s'organiser des cellules alguaires et des bactéries. Les sphéroïdes et les cocoïdes sont à la base de l'édifice et l'on assiste là au début d'une différenciation.
Bourreau pense actuellement que ce phénomène de différenciation de cellules, évoluant vers la cellule eucaryote, a très bien pu se produire ailleurs que dans les Richât. Cela a même pu arriver plusieurs fois de suite, à des époques différentes et à des endroits différents. Par conséquent, il n'y aurait pas d'origine unique de la vie. Et encore une fois, nous avons affaire à cette épaisseur du temps qu'il nous est si difficile d'imaginer. Tout ne s'est pas fait simultanément, ni au même endroit.

Voilà donc ma modeste contribution à la recherche sur l'évolution. C'est également la récompense du naturaliste que de trouver un spécialiste capable de tirer un parti intelligent de ce qu'on lui a rapporté. Avec ce que j'ai ramassé dans les Richât, Bourreau a de quoi travailler jusqu'à la fin de ses jours, et même au-delà...

L'évolution pour Teilhard n'est plus une hypothèse mais l'expression particulière, appliquée au cas de la vie, de la loi qui conditionne toute notre connaissance du sensible. Depuis le plus petit détail jusqu'au plus vaste ensemble, notre monde vivant, comme notre univers matériel, a une structure et cette structure ne peut être qu'un phénomène de croissance. Voilà la grande preuve du transformisme, à la mesure de ce que cette théorie a de définitivement acquis. Teilhard admettra donc une sorte de polarisation psychique ou, du moins, une marge d'indétermination, dès le monde inorganique, dès le stade granulaire du corpuscule, la matière se trouvant entraînée, comme il dit, « dans la voie d'un arrangement croissant, d'une incipiante énergie de choix ».

On passera donc de l'état simplifié ou pulvérisé à l'état unifié, au fur et à mesure que la matière se chargera d'esprit, et notre prophète de l'enthousiasme de s'écrier : « N'est-ce point là, en vérité, l'expression la plus générale, la plus totale et la plus féconde pour notre expérience de l'opération universelle dans laquelle nous nous trouvons engagés ? »

Si la fusée Teilhard a fait jaillir dans notre ciel des gerbes d'étincelles, on aurait tort de tenir ce feu d'artifice pour une totale innovation. Tant dans le domaine de la vie que dans celui de la pensée, il n'est rien ni personne que l'on puisse imaginer sans racines ou sans précurseurs. Et même si, apparemment, Teilhard a relativement peu lu (il ne cite à peu près jamais de source), sa pensée rejoindra celle de ceux qui, avant lui, ont abordé les mêmes sujets. « Tout ce qui monte converge », avait-il écrit, et il n'est donc pas surprenant que sa trajectoire en s'élevant en ait rencontré d'autres, parfois très comparables, mais demeurées moins connues. Je n'en citerai que quelques exemples. Qui se souvient aujourd'hui du livre d'Armand Sabatier, doyen de la faculté des sciences de Toulouse, intitulé *Philosophie de l'effort, essai philosophique d'un naturaliste* (1903), et dans lequel tout un chapitre avait pour titre « Évolution et Liberté » ? Armand Sabatier admet une filiation entre une matière minérale, où l'indéterminisme ne se trouve encore qu'en puissance, et une matière vivante ; enfin, il reconnaît « un état supérieur de la substance et qui est l'esprit ». Pour lui, la liberté se trouverait suspendue dans la création tout entière, soit à l'état de germe obscur et d'embryon presque méconnaissable, soit parvenue à des degrés plus ou moins élevés d'un développement qui poursuit sa marche.

La physique de son côté avait évolué. Si Edison pouvait déclarer dès 1890 : « A mes yeux, chaque atome est doué d'une certaine quantité d'intelligence primitive », on sait le rôle joué depuis dans la pensée scientifique par la relativité générale, puis par les relations d'incertitude de Heisenberg, enfin par l'attitude probabiliste adoptée aujourd'hui par nombre de physiciens, contraints de renoncer aux exigences absolues du rigide déterminisme, tenu hier encore pour acquis.

En 1906, trois ans après la *Philosophie de l'effort*, paraissait *L'Évolution créatrice*, au titre bien significatif. Pour Bergson, l'être vivant est un centre d'actions. Une certaine somme de contingences est introduite dans le monde. « Il s'agissait de créer, avec la matière qui est la nécessité même, un instrument de liberté, de fabriquer un mécanisme qui triomphât du mécanisme, et d'employer le déterminisme de la nature pour passer à travers les mailles du filet qu'il avait tendu. » Ne croirait-on pas déjà entendre Teilhard, et jusque dans son style ! Mais ce dernier est chrétien et son credo va dépasser celui du philosophe ; « je crois, écrit-il, que l'univers est une évolution, je crois que l'évolution va vers l'esprit, je crois que l'esprit s'achève en du personnel, je crois que le personnel suprême est le Christ universel ». Comment ne pas être tenté d'accepter la définition du paléontologiste ?

Quatre ans après, *L'Évolution créatrice* paraissait chez un obscur éditeur (Le Foyer solidariste de Saint-Blaise, en Suisse, et de Roubaix, en France) un petit livre, petit par son format et son volume (157 pages), dont l'importance n'aura, je le crains, pas été perçue, bien que j'aie pu le faire connaître à mon ami Teilhard et à Albert Vandel. Il s'agit de *L'Évolution, doctrine de liberté,* par Franz Leenhardt,

BIBLIOTHÈQUE D'ÉTUDES RELIGIEUSES

F. LEENHARDT

DOCTEUR ÈS SCIENCES, DOCTEUR EN THÉOLOGIE

L'ÉVOLUTION DOCTRINE DE LIBERTÉ

EDITIONS DU FOYER SOLIDARISTE

SAINT-BLAISE près Neuchâtel (Suisse)

ROUBAIX 123 Bd de Belfort (France)

1910

docteur ès sciences, avec une thèse sur la géologie du mont Ventoux, et docteur en théologie, avec une thèse sur le péché d'après l'éthique de Rothé (1893), professeur à la faculté de théologie de Montauban. Ici, la convergence avec Teilhard va se préciser au point que Franz Leenhardt vient tout naturellement s'inscrire parmi les précurseurs évidents de celui-là. On en jugera par la sommaire analyse qui suit : naturaliste d'abord, Franz Leenhardt entend le rester. Et c'est bien pourquoi une première partie de l'ouvrage se voit consacrée à l'évolution naturelle, évolution embryogénique, pseudo-philosophique, philogénique, anatomie et biologie comparées. « Il y a dans la nature, affirme l'auteur, une tendance bien manifeste à la formation d'êtres doués d'un système nerveux de plus en plus perfectionné qui leur permet de devenir de plus en plus indépendants, individualisés, autonomes et auto-actifs. » Et il ajoute : « Si la liberté doit avoir un sens, il faut que, comme tout autre phénomène psychique, elle ait des racines dans l'organisme. On ne saurait parler de liberté réelle que là où les conditions psychologiques du choix existent déjà. »

La liberté humaine aura donc sa source dans la spontanéité animale, à partir d'un psychisme préexistant, sans doute, car il y a filiation, mais, grâce à une croissance nouvelle, aboutissant à la conquête d'un stade ou d'un palier supérieur. La seconde partie de l'ouvrage concerne l'évolution éthique qui prendra le relais de l'évolution organique.

En 1958 paraissait la seconde édition du livre *L'Homme et l'évolution* de mon collègue et ami Albert Vandel. Cet important ouvrage n'appartient plus à la période pré-teilhardienne. Je tiens cependant à le citer ici pour la large adéquation que présente la pensée du zoologiste toulousain avec celle d'Armand Sabatier, autre zoologiste et autre Toulousain, et celles de Leenhardt et de Teilhard. Pour Vandel, une fois encore, l'univers et la vie ont une histoire, le changement n'est pas un accident, c'est la loi même du monde. La permanence et l'immobilité restent de pures abstractions. L'évolution implique à la fois changement et continuité, ce qui signifie l'unité fondamentale d'un univers où tout se tient et où, disait le poète Francis Thompson, « celui qui cueille une fleur dérange une étoile »...

Mais le flux de l'évolution organique admet des pulsations, des paliers successifs et qui ne portent pas seulement sur des transformations morphologiques. Même les grands thèmes de l'histoire biologique passent, au cours de leur développement, par des stades de complexification croissante. La sexualité par exemple, encore gamétique chez les unicellulaires, va devenir somatique, psychique, et aboutir parfois, par une sorte de sublimation, aux religions.

On a cru longtemps que l'évolution était une espèce d'axe unique, qui montait tout droit et se développait au fur et à mesure, mais l'on s'est aperçu depuis, et Teilhard de Chardin y a beaucoup contribué, qu'elle s'est en réalité faite par des relais. Ce n'est pas un mouvement linéaire, mais plutôt un déploiement comparable à celui des buissons qui s'épanouissent successivement en donnant des branches dans différentes directions, dont beaucoup n'aboutissent pas.

Je compare souvent l'évolution à une muraille constituée de briques et de joints. On la voit rester plus ou moins horizontale et broder sur des thèmes accessoires et qui ne changent pas grand-chose à la structure du phylum en cause, et puis tout à coup quelque chose arrive à passer entre deux briques pour atteindre le niveau suivant. Là, une étape est franchie. Puis les fioritures reprennent, jusqu'au moment où un autre morceau du phylum va trouver la possibilité de franchir encore un joint et de monter d'un cran. Cette ascension par occasions successives est très singulière.

Une quantité d'« essais » sont abandonnés, qui, s'ils ne sont pas condamnés à la disparition, restent identiques à eux-mêmes, puisque nous connaissons dans la nature actuelle des animaux inchangés depuis le cambrien comme certains brachiopodes, depuis le silurien comme les scorpions ou depuis le carbonifère tels les cafards. A l'inverse, on assiste à des innovations. Il apparaît de nouvelles formes, puisque l'ensemble a bougé. Les espèces que nous connaissons aujourd'hui sont souvent très spécialisées, elles sont là depuis longtemps et possèdent derrière elles un héritage considérable.

Mais si nous avons tant de mal à accepter et à concevoir cette réalité de l'évolution, c'est que nous sommes mal préparés à prendre conscience de ce qu'est la durée. L'épaisseur du temps est prodigieuse. Lamarck disait déjà : « Avec le temps, tout devient possible. » Et il ajoutait : « La nature n'en manque jamais. » Il est vrai qu'à partir du moment où l'on jongle avec les milliards d'années, durées aussi totalement étrangères à notre vie normale, beaucoup de choses qui nous paraissent impossibles ou difficiles à croire deviennent alors possibles, probables, voire réelles.

On n'a jamais vu et l'on ne verra jamais un poisson sortir de l'eau et se transformer en batracien, mais il faut croire que ça s'est passé. De même que l'on n'a jamais vu un batracien devenir un reptile, ni un reptile se changer en oiseau ou en mammifère. Et pourtant c'est arrivé, on dispose des étapes fossiles intermédiaires comme l'archéoptéryx, organisme moitié reptile, moitié oiseau, qui nous permettent de constater la réalité de cette transformation.

On ne se souviendra jamais assez que l'histoire naturelle, terme aujourd'hui trop décrié, trop méconnu et tenu pour dépassé par les tenants des sciences à la mode, reste fondamentalement une histoire, avec sa chronologie, ses innombrables échecs, ses essais manqués, ses réussites incomplètes, ses faux départs, mais, néanmoins, sa tendance à un ordre hiérarchisé traduisant une direction, une trajectoire, que n'expliquera jamais le seul recours au hasard. Vandel zoologiste insistera, bien entendu, sur le fait qu'à travers toute l'épaisseur de l'histoire de la vie on verra naître, puis se préciser, l'acquisition d'un système nerveux de plus en plus complexe, accompagnant celle d'un psychisme sans cesse croissant. « C'est, dit-il, la tendance fondamentale de l'évolution animale », et nous aurons à y revenir.

Remarque bien banale sans doute, mais sur laquelle on ne saurait trop insister ; dès que l'on accorde sa juste place aux dimensions de la durée, tout, ou presque, va devenir possible ou même vraisemblable. Si notre univers avait 15 milliards d'années et notre terre 4,5 milliards, peut-être la vie serait apparue il y a 2 ou 3 milliards d'années, la sortie de l'eau daterait d'environ 300 millions d'années, l'apogée des mammifères de 30 millions, les premiers hominiens de 3 à 4 millions, au moins, le genre *Homo* de 2 millions, l'homme de Neandertal de 100 000 ans, l'homme actuel de 30 000 ou 35 000 mille ans.

On peut traduire de plusieurs façons l'aspect durée de l'évolution, par exemple avec l'image d'un calendrier ; l'existence de l'univers ayant couvert une année, on aurait alors la formation de la terre le 14 septembre, l'apparition de la vie le 25 septembre, les poissons le 19 décembre, les mammifères le 26 décembre, les premiers humains le 31 décembre à 22 h 30, la naissance du Christ à 23 h 52 mn et 50 secondes, il y a moins d'une minute... Une autre image évocatrice est celle du peloton de ficelle qui se déroule ; avec le Christ à 3 centimètres, l'homme de Neandertal à 1 mètre, les dinosauriens à 1 kilomètre, la sortie des vertébrés de l'eau à 3 kilomètres, la vie à 20 ou 30 kilomètres et la naissance de la terre à 45 kilomètres. « De mémoire de rose, disait Fontenelle, on n'a jamais vu mourir un jardinier. » Et il ne faut pas s'étonner si des êtres aussi éphémères que nous, brèves étincelles entre deux gouffres de ténèbres, éprouvent quelque peine à acquérir le sentiment, ou plutôt le vertige, de la durée.

Après ces remarques, peut-être un peu générales mais néanmoins utiles, je le crois, à titre d'introduction tout au moins, il va falloir aborder l'aspect plus spécialement zoologique de notre sujet, dans le cadre d'une évolution à la fois morphologique et physiologique du monde animal.

S'il est vrai, comme l'affirme Teilhard, que rien n'existe dans l'univers, que des myriades de spontanéités plus ou moins obscures, dont l'essaim pressé force graduellement la barrière qui le sépare de la liberté, on admettra, toujours avec le même auteur, que, de bas en haut de la série des êtres, tout se meut, tout se hisse et s'organise dans un même sens, celui de la plus grande conscience, et que c'est bien la raison pour laquelle, depuis les origines de la vie, les systèmes nerveux ont toujours été, dans toutes les branches animales, en augmentant et en se perfectionnant, au point que jamais, depuis l'aurore des temps géologiques, la masse de matière centralisée n'a été plus considérable. Encore que la notion de masse, ou de volume, soit ici très loin d'exprimer à elle seule les particularités d'un cerveau, puisque les progrès de la complexification de ce dernier demeurent essentiels.

On ne peut qu'accepter avec Bergson que, dans toute l'étendue du règne animal, la conscience apparaît comme proportionnelle à la présence du choix dont dispose l'être vivant. Autrement dit, que le progrès du système nerveux assure à l'acte une précision croissante, une variété croissante, une efficacité et une indépendance croissantes. En fait, c'est avec le développement d'un cerveau à la fois en volume et en complexité fonctionnelle que pourra s'affirmer, à travers les lignées animales, la genèse d'une contingence, d'une indétermination, d'une possibilité de choix, d'une autonomie, d'une possibilité de s'épanouir, au sommet de l'échelle, en liberté formelle puis morale.

Le rôle centralisateur du système nerveux n'évoluera que lentement à travers la série animale. Certains mollusques, les céphalopodes, possèdent un cerveau déjà relativement concentré et un psychisme manifestement développé. Les insectes, avec leur cerveau concentré et quadripartite, atteignent, dans leur phylum propre, une situation élevée. Mais les stades de complexité croissante du système nerveux central se manifesteront le plus clairement chez les vertébrés. On sait qu'en avant de la moelle, et la prolongeant, se succèdent trois cerveaux, postérieur, intermédiaire et antérieur, ce dernier devenant, à partir des reptiles, l'élément dominant, avec le développement croissant des hémisphères et l'apparition de l'écorce du cortex, appelé aussi souvent néopalium chez les mammifères. On sait que cette écorce compte chez l'homme 10 à 14 milliards de neurones — on hésite naturellement sur les chiffres — dont chacun peut avoir lui-même un très grand nombre de liaisons, de synapses, comme on dit, d'où un nombre astronomique de connexions possibles, donc de voies ouvertes au passage de l'influx nerveux. C'est en effet avec le prodigieux instrument que représente le système nerveux central que l'organisme assurera son unité d'action, la coordination des sensations, des perceptions, des réactions et des mouvements, bref sa pleine individualité psychique. Cependant, les choses sont toujours beaucoup plus complexes qu'on ne le souhaiterait et, d'ailleurs, l'état actuel très imparfait de nos connaissances nous contraint — devrait nous contraindre — à une infinie prudence dans nos affirmations.

Mais reprenons notre poste d'observateur contemplant cette lente montée de la conscience et du psychique à travers le courant ascendant des formes animales. A partir d'un certain niveau d'organisation et de comportement, d'un certain palier par conséquent, voici que vont se manifester, côte à côte, deux types, en apparence en tous les cas bien distincts, de mode d'action, relevant les uns de l'instinct, les autres de l'intelligence et moins indépendants, peut-être, qu'il n'y paraît, si l'on admet avec Bergson qu'« il n'y a pas d'intelligence où l'on ne découvre des traces d'instinct, pas d'instinct surtout qui ne soit entouré d'une frange d'intelligence ». Loin d'être considéré comme simple effet du hasard, l'instinct ne serait-il pas le résultat d'une innovation antérieure dont l'usage aurait entraîné l'automatisme ? Albert Vandel préfère distinguer, au lieu d'instinct, terme à son avis un peu vague, une intelligence spécifique, c'est-à-dire qui s'applique aux activités de l'espèce et qui serait inconsciente et héréditaire, et une intelligence individuelle, dont l'acquisition représenterait un pas décisif, dit-il, « l'invention devenant avec elle une affaire personnelle, non héréditaire et consciente et, à ce titre, capable d'incorporer une vision du futur ».

Pour Vandel, il ne s'agit pas tant de deux virtualités opposées, exclusives, mais de deux paliers d'un même mouvement évolutif. Il y aurait d'ailleurs des comportements plus ou moins intermédiaires chez les araignées, les insectes, chez certains oiseaux, et même des cas d'instincts en voie, apparemment, de modification.

Si l'insecte social, qui fournit les plus stupéfiants exemples d'intelligence spécifique, reste une unité biologique, un « individu », l'homme, lui, est devenu, ou serait en mesure de devenir, une « personne », capable de liberté. Car, Vandel l'a bien dit, si « l'évolution psychique fournit au vivant le moyen de se libérer des mécanismes et des automatismes, c'est par la pensée que le monde acquiert la liberté ».

Sans doute, ou du moins s'agit-il d'une potentialité demeurant trop souvent théorique. Car qui oserait admettre que l'humanité a déjà réalisé dans son ensemble, ou même dans une seule personne absolument maîtresse d'elle-même, la perfection de la créature autonome et auto-active ?

Nous en arrivons donc, maintenant, à ce terme actuel de l'évolution historique que constitue notre espèce zoologique, cet *Homo sapiens* qui fait, hélas ! si souvent et si cruellement mentir la noblesse de cette épithète spécifique, imprudente ou, du moins, prématurée. Le phénomène humain (c'est aussi le titre d'un des plus célèbres ouvrages de Teilhard) semble pouvoir être caractérisé, en simplifiant beaucoup, de la façon suivante : d'abord une faible différenciation morphologique. Le primate n'est pas engagé, comme tant d'autres types, dans une spécialisation qui, à la limite, risque de le paralyser. Ni ses membres ni sa denture ne le condamnent à un mode de vie, à un régime très étroitement prédéterminé. Par contre, son évolution physique récente comprend la libération de la main, la vision binoculaire, la transformation du museau en face, avec l'apparition du menton, l'accroissement de la capacité crânienne, corrélative de celle du cerveau et, bien entendu, la bipédie et la station droite. Détail intéressant : alors que les australopithèques étaient largement, sinon exclusivement, végétariens, le carnivorisme et la chasse apparaissent avec le genre *Homo*, si bien que l'Adam du jardin d'Eden connaissait un régime d'australopithèque ! Ce n'est qu'après le déluge, avec l'alliance noachique, que l'homme se convertit à la sarcophagie.

Après la morphologie, bien d'autres caractères vont définir l'humanité naissante. Son extension géographique qui, à partir de foyers africains, va couvrir la planète, l'usage de l'outil, fabriqué, extérieur au corps, le développement de la complexification de liaisons *sui generis* entre les membres d'une même collectivité. Nous en arrivons alors au seuil où l'homme va pouvoir passer d'une évolution subie à une évolution réfléchie et dirigée, avec l'apparition, autour de la biosphère, d'une enveloppe concentrique, celle de la noosphère teilhardienne. Franz Leenhardt l'a bien dit, par cette faculté de choix et par celles d'analyse et de réflexion qui l'accompagnent et en sont les conditions psychologiques, la créature qui dit « moi » devient le facteur d'un ordre nouveau dans la création.

Sans doute et au moins en théorie, car il est temps de déterminer dans quelle mesure la montée et la trajectoire humaines auront répondu à l'optimiste magie des mots, à la poétique illumination du visionnaire. Leenhardt, moins sensible que Teilhard aux ensorcellements des formules (irait-on jusqu'à dire plus lucide ?), le reconnaît : « L'homme n'est pas ce qu'il voudrait ou devrait être, l'homme peut être maître de la nature sans l'être de lui-même, l'homme ne paraît pas, dans bien des domaines avoir beaucoup dépassé le stade de l'animalité. »

« A voir vivre l'humanité actuelle (c'est toujours Leenhardt qui parle), à voir les folies de la guerre, les ravages de la débauche, de la haine et de la cruauté, les plaies de l'avarice et de la vénalité, à considérer la traînée de sang, de boue et de larmes qu'elle traîne derrière elle, on peut se demander si la plus grande partie de l'humanité, si ce n'est l'humanité tout entière, n'a pas fait le plus triste usage de cet instrument merveilleux qui devrait être au service de la maîtrise de soi », la liberté. Et le géologue philosophe de parler de discordance, d'impasse, de régression, de déviation et, au sens théologique du mot, ici inévitable, de chute.

Il reste, pour mener notre réflexion à son terme jusqu'au seuil de l'homme actuel, de l'homme moderne, à évoquer les grandes étapes de notre multimillénaire aventure.

Alors que l'homme préhistorique naît dans la nature, y demeure, nous verrons l'homme historique entrer en conflit avec celle-ci. Une première phase sera donc celle de la biocénose dont l'hominidé fera pendant très longtemps partie, plusieurs milliers d'années sans doute. Il n'est alors qu'un mammifère récolteur, cueilleur, puis, et de plus en plus, au fur et à mesure que ses capacités techniques s'améliorent, un prédateur, mais sans plus d'influence sur le milieu que n'en avaient les autres grands animaux de la savane. Mais le perfectionnement de l'outillage est en rapport évident avec les progrès du psychisme et donc d'une liberté de choix devenue plus efficace. Longtemps les moyens et, par conséquent, les dégâts demeureront cependant encore limités. Mais, avec ce qu'on a justement appelé la révolution néolithique, un nouveau palier sera atteint. Avec la céramique, la céréale cultivée, l'animal domestique, va devenir possible la vie sédentaire et, avec la ville, on verra désormais voisiner le temple, le palais, l'école, la prison, la caserne, l'abattoir et le lupanar, et se fixera l'image d'une civilisation destinée à demeurer finalement la nôtre. Dès lors s'est ouverte une étape nouvelle et qui dure encore, celle du divorce et de l'agression. L'homme n'est plus maintenant un élément à peu près inoffensif d'une chaîne écologique. Il va désormais intervenir, du dehors pour ainsi dire, avec une efficacité sans cesse accrue et dans le sens que l'on imagine, celui d'une activité destructrice et ravageuse, ne cherchant d'autre justification de ses méthodes que le critère de l'efficacité et du profit, avec les beaux résultats que nous avons aujourd'hui sous les yeux et faisant même, peut-être, courir des dangers à la vie sur la terre ; un saccage insensé des ressources naturelles et plus encore, hélas ! une accumulation monstrueuse, indigne de l'*Homo*, soi-disant *sapiens*, d'engins guerriers de destruction.

Avec ce signe clinique de nos aberrations psychologiques, nous en arrivons à faire les choses, non parce qu'elles sont utiles et serviraient le progrès de l'homme véritable, mais uniquement parce qu'on peut, techniquement, les faire. De cette pathologie de l'orgueil, de cette maladie de prestige national, les exemples, hélas ! abondent.

Nous en sommes là, et sans qu'il soit possible d'entrevoir encore quelque signe solide d'une future guérison de nos folies, au point qu'on en vient parfois à se demander si, tout compte fait, il ne serait pas déjà trop tard pour parvenir à freiner puis à arrêter le convoi emballé, pour l'aiguiller enfin sur la voie d'un progrès qui ne soit pas, avant tout, celui des mécaniques et des armes. Il y faudrait un miracle ou une conversion, rien de moins.

Et cependant, « quand tous les périls seraient dans la liberté, écrivait Vinet, toute la tranquillité dans la servitude, je préférerais encore la liberté, car la liberté, c'est la vie, et la servitude, c'est la mort ». « Cette liberté, ajoutait-il, le plus beau mot de toute langue, si celui d'amour n'existait pas, cette liberté veut être aimée comme une vierge pure et non comme une courtisane, et ne doit toute sa dignité que dans son union avec l'obéissance. Une liberté qui n'obéit pas est un pur non-sens, car c'est pour obéir que nous sommes libres. » Vinet voulait bien entendu signifier ici que si l'homme doit accéder à la liberté, c'est pour mettre cette dernière au service d'une fin supérieure ; si le chrétien doit rester par conséquent fidèle à ses visions, à son attente du royaume futur, à l'idéal des Béatitudes, aux promesses de l'Esprit libérateur, nul n'a le droit de céder à la tentation, bien forte parfois, du désespoir. Malgré les ténèbres et les échecs, malgré les trop visibles victoires de l'épine et de l'ivraie, malgré les tentations de l'« à quoi bon », l'espérance humaine restera, envers et contre tout, un « quand même ».

Lorsque mon père, pasteur à l'Oratoire, créait vers 1910, dans un pauvre quartier proche des Halles, l'Œuvre de la Clairière, il inscrivait sur l'un des murs ces simples mots :

« Croire quand même,
Espérer quand même,
Aimer quand même. »

Peut-on imaginer mot d'ordre plus actuel et plus que jamais nécessaire ?

MARÉE MONTANTE

Cernés par l'océan que gonfle la marée,
Voici que sous nos pieds le sol s'est rétréci :
L'eau monte, infatigable, et la nuit épaissit
Le grandissant effroi de l'âme chavirée.

Voici que la tempête au vent du soir emporte,
Cadavres désormais au limon retournés,
Avec les pleurs des saints et les cris des damnés,
Et le jeune et le vieux, et le vif et la morte.

Nos fugaces destins et nos aubes fanées,
Tant de larmes, de sang, de sueurs, tant de jours
Au labeur consacrés, nos joies et nos amours
Iront-ils s'abîmer au gouffre des années ?

Sur les grèves du Temps de nos pas les vestiges
Seront-ils abolis du flot dévorateur ?
Au néant verra-t-on noyer de l'imposteur
Les titres, les orgueils, les ors et les prestiges ?

« Étrangers, condamnés au voyage, à l'errance,
Au naufrage promis, dit la Voix, repartez... »
Ensuite descendra sur ces débris flottés,
Pacifique, vainqueur et royal, le Silence...

(Addis-Ababa-Dakar, octobre 1963)

Chapitre 4

Acquis, promesse ou éventualité

Il est temps de nous demander où en est le processus d'humanisation déclenché il n'y a somme toute pas si longtemps.

On l'a déjà rappelé ici, l'homme est historiquement jeune, très jeune, sous sa forme actuelle, l'espèce *Homo sapiens*, une trentaine de milliers d'années seulement. Si l'horloge paléontologique sonnait en ce moment midi, la naissance de notre espèce se situerait à plus de 11 heures, 59 minutes, 59 secondes... C'était hier, ou ce matin... Ajoutez que les mammifères seraient apparus à 11 h 30, les reptiles à 11 h 15, les batraciens à 11 h 10 et les poissons à 11 heures.

Donc, si notre civilisation souffre tout simplement des séquelles de l'âge du bronze, est-ce après tout si surprenant ?

La préhistoire, en effet, semble avoir duré plus d'un million d'années. Et il y a bien peu de temps que la révolte contre notre sanglant héritage a commencé.

Le Sermon de Bénarès n'a que 2 500 ans...

Le Sermon sur le mont Vipula, quand Mahavira fondait le jaïnisme sur la non-violence, n'est pas plus ancien.

Le Sermon sur la Montagne et les Béatitudes n'ont pas 2 000 ans.

Le Sermon sur l'Hirondelle de Tierno Bokar[1], dont nous aurons à reparler, est d'hier : 35 ans.

On nous dira donc : l'homme ne fait qu'apparaître. Ne désespérons pas trop tôt. Il n'est pas encore certain qu'il va refuser la civilisation — la vraie — pas celle des mécaniques et de la bombe —, il peut encore accepter de renier l'ancestrale barbarie, il peut encore refuser la guerre, la violence, la torture, renier ses faux dieux, le Sang, la Race, le Sexe, le Profit, le Prestige, la Raison d'État.

Il peut..., je l'admets. Le fera-t-il ? Qui oserait aujourd'hui déjà l'affirmer ?

Car il faudrait être bien aveugle, et bien sourd, ou alors refuser sciemment l'évidence, pour ne pas être contraint de reconnaître que ce roi de la Création, fleur de l'évolution, sommet du monde vivant, couronné de gloire, promis à tous les triomphes, se conduit, en fait, trop souvent comme un simple pithécanthrope.

Ouvrons un journal, près de 2 000 ans après la proclamation, sur une colline couverte d'anémones rouges, de la charte des Béatitudes.

Ce qu'on y découvre fera peut-être un jour la stupéfaction des historiens, qui auront peine à croire que l'on ait pu tenir si longtemps pour une véritable civilisation une sauvagerie aussi pitoyablement, aussi naïvement camouflée.

---

1. Voir l'animal, objet, compagnon ou frère. Chap. 11, p. 189.

Ouvrons donc, citadins paisibles et repus, notre journal. Et voilà que soudain le mince vernis s'écaille, le voile se déchire, notre civilisation se révèle pour ce qu'elle est, terriblement fragile, frêle esquif sans cesse menacé sur l'océan de notre barbarie.

Premier exemple, nous sommes dans l'hôpital de Cantho (Viêt-nam) : « La fillette ne dit rien. Des sortes de feuilles de papier empêchent les mouches de venir sucer la pommade abondamment étendue sur les brûlures qui s'étendent sur toute la partie droite de son visage. D'un pauvre sourire, presque imperceptible, ou d'un hochement de tête, elle répond aux questions que lui pose, en vietnamien, le médecin. C'est l'une des victimes civiles de la guerre du Viêt-nam.

« "Elle a été brûlée par du napalm. Son village a été entièrement détruit. Nous l'avons reçue voici quelques jours. Ses blessures la font toujours horriblement souffrir. Elle restera marquée non seulement dans sa chair, mais dans son esprit surtout, toute sa vie. Elle n'a qu'une douzaine d'années", ajoute le médecin, impassible ou presque[1]. »

Second exemple : « Un grand pays — chrétien, bien entendu — annonçait le mois dernier qu'il s'apprêtait à utiliser en 1966, pour tuer des hommes :

— 1 milliard de cartouches ordinaires ;

1. *Le Monde*, 5 mars 1966.

— 800 millions de cartouches de mitrailleuses avion ;
— 10 millions d'obus mortier ;
— 1 800 000 bombes ;
— 4 800 000 fusées[1]. »

Les auteurs de ce palmarès prometteur oubliaient d'ailleurs de nous renseigner sur le tonnage prévu du napalm et du phosphore destinés à brûler villages et villageois, des gaz toxiques, des substances chimiques utilisées à tuer la végétation, à détruire les cultures et les récoltes...

Troisième exemple : on vendait il y a quelques années, au moment de Noël, dans une cité qui ose se prétendre une « ville lumière » un jouet charmant, bien digne de distraire et d'éduquer nos bambins : une guillotine, oui, ce n'est pas un *lapsus linguae*, une guillotine, avec tout ce qu'il faudra au blondinet pour reproduire un vrai supplice, une véritable exécution capitale : le couperet, le corps, la tête au sens littéral du mot « coupable », et peut-être même la rouge substance que l'argot des prisons appelle le « raisiné ».

Dernier exemple : l'émission télévisée « Cinq colonnes à la une », du vendredi 7 janvier de l'an de grâce — *anno benignitatis domini* — 1966. René Pascal écrit : « Ce fut terrible. Une petite fille de Turquie nous a été présentée. Elle avait dix ans, disait-on ; mais personne ne savait son âge. Nul ne savait d'où elle venait ni où elle allait. Elle nous

1. *Le Monde*, 12 février 1966.

a été amenée dans une des belles voitures américaines qui équipent la police d'Istanbul. Cernée, pour son bien, par les policiers ; cernée, pour notre information, par les caméras, nous l'avons vue questionnée ; c'était insupportable. Elle a fini par se mettre à pleurer ; nous avons failli pleurer et puis, nous avons hésité. Pleurait-elle spontanément ? La faisait-on pleurer pour mieux couronner la séquence ? Nous ne savions pas. Cette petite fille de Turquie était si totalement abandonnée qu'elle paraissait dépossédée de ses larmes elles-mêmes.

« Quand on a éteint le récepteur, la petite fille de Turquie n'était plus sur l'écran. La petite fille de Turquie s'était évanouie ; elle était quelque part, prise dans les rouages d'une bureaucratie salvifique. Mais, pour nous, Noël était fini. La vérité du monde nous était apparue. La vérité âpre d'un univers féroce qui continue à écraser ou à massacrer les innocents, qui creuse entre les êtres le vide. Nous savions que Noël n'était pas venu sur la terre. Que les temps messianiques n'étaient pas commencés. Nous savions que Noël avait échoué. C'est une redoutable révélation[1]. »

Les exemples précédents datent déjà de quelques années. Où en sommes-nous aujourd'hui ? Il est, hélas ! à craindre que l'actualité fournirait encore abondamment des exemples non moins tragiques, parmi lesquels l'agonie de cette petite Colombienne, filmée en direct, avec une

1. *Esprit,* février 1966, p. 287.

complaisance ambiguë, lors du tremblement de terre de Popayàn en 1983, la colossale débauche de munitions en tout genre utilisées pendant la guerre du Golfe ou le gazage des Kurdes en 1988...

Et je n'ai évoqué que la cruauté de l'homme pour l'homme : celle qu'il exerce à l'égard des bêtes n'est pas moins atroce, pas moins scandaleuse. J'y reviendrai.

En tous les cas il n'y a évidemment pas lieu pour le primate candidat timide à l'hominisation d'être particulièrement fier, n'est-ce pas ?

Et l'on peut se demander si avant d'aller porter dans l'espace nos rivalités et nos guerres (car il faudrait être bien incurablement naïf pour imaginer que les vols de nos capsules spatiales ne travaillent que pour les civils et pour la science désintéressée), on peut se demander s'il ne serait pas plus raisonnable de commencer par rendre la terre habitable, et d'y protéger le sourire des fillettes du napalm des « chrétiens », entre guillemets, bien entendu.

Au quotidien *France-Soir* qui promet aux travailleurs le « bus de l'espace » pour aller exercer leur profession dans la Lune, où ils feront pousser leurs salades, Jean Servier répond : « Ce n'est donc que cela l'aboutissement de la conquête de la Lune, une banlieue triste avec ses trains bondés et ses laitues poussiéreuses ? Est-ce bien la peine d'aller si loin ? »

Il faut humblement le reconnaître : nous sommes encore, à bien des égards, des hommes préhistoriques, englués dans la barbarie des origines, malgré nos transistors et nos machines à laver.

Est-il au fond tout à fait assuré, par exemple, que nous haïssons vraiment la guerre et que nous ne louchons pas parfois avec une certaine nostalgie vers ce temporaire succédané d'âge du bronze qu'elle peut encore constituer, vers cette évasion hors des contraintes un peu quotidiennes et un peu fades de la morale usuelle : le bon mari, le bon père, l'honnête épicier du coin ?

Si nous étions tant soit peu honnêtes, et les biologistes, eux, s'y efforcent, nous découvririons bien vite à quel point des comportements que nous pouvions croire spécifiquement humains se retrouvent chez l'animal auquel nous les avons empruntés. L'association d'individus en sociétés, les hiérarchies à l'intérieur du groupe — qu'on songe aux corneilles de Lorenz —, la délimitation, le marquage et la défense du territoire, les tabous sexuels existent, les zoologistes le savent, chez beaucoup de vertébrés.

Notre comportement demeure souvent à prédominance viscérale : aussi n'est-il pas étonnant de constater, comme on l'a fait récemment, l'action excitante sur des singes de la musique militaire.

Chargé de dépouiller pour le Mouvement contre le racisme et l'antisémitisme et pour la paix une enquête sur le racisme, j'y ai trouvé invoquées une foule de raisons, politiques, économiques, philosophiques, etc. Pratiquement personne n'avait seulement songé à l'explication biologique, au vieux sang des ancêtres continuant à charrier dans nos veines les instincts de la horde et du clan.

Il faut être sérieux, il faut être lucide. Voir la réalité telle qu'elle est, ce n'est pas être systématiquement pessimiste, c'est tout bonnement être clairvoyant.

Devant le monstrueux perfectionnement des engins de mort, maintenant que les forces dites « de dissuasion » à objectifs dits « démographiques » remplissent les guerriers de nouveaux espoirs, devant l'effroyable menace que fait peser l'armement atomique sur le sort des hommes et peut-être sur l'avenir de la vie à la surface du globe, on en vient à se demander, à voir certains résultats de la sainte Technique et du bienheureux Progrès, s'il n'eût pas mieux valu, au fond, rester un peu plus ignorant...

Un délicieux petit ouvrage de Roy Lewis, *The Evolution Man*[1], nous décrit les discussions de deux hommes préhistoriques. Edmond, qui est pour le progrès technique, s'apprête à découvrir le feu, et à inventer l'arc, et l'oncle Vanya qui demeure méfiant et prêche le retour aux arbres... Lequel avait raison, et que fallait-il choisir ? Le retour à la nature, avec l'oncle Vanya ou les gadgets d'Edmond et — inéluctablement — tôt ou tard la bombe ? Après tout, la question n'est pas absurde, même s'il est trop tard pour échapper à l'engrenage maudit auquel Edmond s'est inconsidérément laissé prendre. D'excellents esprits, épouvantés par les rougeoiements d'apocalypse que nos apprentis sorciers allument à l'horizon de nos destins, se demandent si, pour en arriver là, le reste valait vraiment la

1. *Pourquoi j'ai mangé mon père*, Actes Sud, 1990.

peine. C'est ainsi qu'à Paris, au cours de la réunion d'accueil aux rescapés d'Hiroshima, Jean Rostand pouvait s'écrier à propos de la bombe atomique : « Alors, si c'est ça le progrès, vive l'ignorance ! Si c'est ça vivre avec la Lumière, alors vive l'obscurantisme ! »

TERMITIERE

Tout noyé de soleils, Zeus, aux balcons du ciel
Penché, voyant flotter le globe termitière,
Écoutait, évadé de l'orbe planétaire,
Le sourd bourdonnement à l'Être essentiel.

Vers l'impassible dieu montaient et le latin
Du moine en sa cellule et l'argot de la fille,
Les cris du torturé, les sanglots à la grille
Du tombeau neuf et les « Tu viens ? » de la putain,

Les pleurs de l'enfançon, au bois les hurlements
De l'animal chassé, les fracas de l'usine,
La plainte et les soupirs du primate en gésine,
Ceux aussi du plaisir, au combat des amants,

Le tonnerre des feux et le chant des cantiques,
Et le frémissement du vent sur les gramens ;
Mêlés, les « Oui », les « Non », les « Tue ! », et les
« Amens ».
Et le monstre et le saint, de si haut identiques.

« Fugaces pucerons, grouillante moisissure,
Termites aveuglés, fourmis et vibrions,
Joyeux pitres mort-nés, sinistres histrions,
Sans remords alliant et prière et luxure,

Vos pas ont-ils un but ? Vous courez, mais vers quoi ?
Allez-vous quelque part ? Où s'adresse la quête ?
Si d'un courant vainqueur entraînant homme et bête
Le flux se précipite, où mène le convoi ? »

Silence en bas du monde où l'insecte éphémère
Sans rire se pavane en son futile orgueil,
Silence aux cieux éteints où s'est refermé l'œil
Du dieu sur les vains bruits, le vide et la chimère...

(Washington, août 1963)

Chapitre 5

Pléonasme

A la fin de la guerre contre l'Irak, dès l'arrêt des hostilités, un ancien ministre des Affaires étrangères avait eu le courage de déclarer : « Nous avons fait une sale guerre ! » Il s'agit bien entendu d'un pléonasme, puisqu'il ne peut exister de guerre « propre », pas plus que de guerre « juste », chère à des théologiens s'efforçant de narcotiser de leur mieux les exigences de la véritable conscience chrétienne et de l'amener à accepter l'inacceptable.

Notre récente guerre orientale ne s'est vue déclarée et déclenchée, nous affirme-t-on, que par respect d'un sacro-saint droit international. Fort bien, car il est parfaitement scandaleux qu'un État se permette d'aller dévorer l'un de ses voisins. Mais on peut se demander si l'appréciation d'un droit international dont la défense exigerait le recours à des hostilités impliquant d'effroyables bombardements et quelques massacres ne serait pas, en fait, parfois légèrement subjective[1]...

---

1. Il serait souhaitable, cela va sans dire, que la notion de droit international s'exprimât non seulement par des textes juridiques et diploma-

Où se trouve le respect du droit international quand les États-Unis, en pleine paix, attaquent l'île de la Grenade ou bombardent la ville de Tripoli, quand on voit le Timor oriental, le Sahara ex-espagnol, l'Afghanistan, le Tibet, sans provoquer la moindre indignation officielle à travers le monde, respectivement attaqués et envahis par l'Indonésie, le Maroc, l'Union soviétique ou la Chine ? A-t-on déjà vu Israël ou la Syrie se plier aux exigences d'une résolution du Conseil de sécurité de l'ONU ?

On pourrait multiplier les exemples dont l'un d'entre eux concerne, hélas ! notre propre pays : l'envoi en Nouvelle-Zélande de terroristes militaires pour couler le *Rainbow Warrior* (juillet 1985) respectait-il très exactement le droit international ?

On nous affirme, je le sais, que nous sommes entrés dans une ère nouvelle, que les temps messianiques sont accomplis et que, dorénavant, la loi internationale sera respectée partout et par tous. Comme on souhaiterait que cela fût vrai ! Mais à qui parviendra-t-on à le faire croire ? Verra-t-on les coupables d'hier ou d'avant-hier convertis désormais à la pratique du droit et de la morale ?

Un ancien ministre de l'Intérieur jugeait bon, il n'y a pas si longtemps, de nous rappeler que la morale s'arrêtait au seuil de la raison d'État. La confidence était-elle bien

---

tiques, mais également par la notion de population en danger (famines, épidémies, catastrophes naturelles, etc.). A cet égard, la notion de « droit à l'ingérence », proposée récemment par le secrétaire d'État à l'Action humanitaire, paraît des plus heureuses, à condition qu'il s'agisse exclusivement du secours apporté à des populations en détresse.

nécessaire car, entre nous, ne s'en doutait-on pas déjà un peu ?

Il est en vérité tout à fait scandaleux d'avoir à constater qu'en l'an de grâce 1991, des hommes qui se prétendent pourtant « civilisés » n'aient pas encore su trouver d'autres remèdes aux conflits entre peuples que la violence et la guerre, procédés dont une expérience multiséculaire aurait dû, depuis longtemps, nous révéler l'inefficacité. Avec leur dicton *Si vis pacem, para bellum*, les pauvres Romains ont, en réalité, fait la guerre, chaque année, durant deux siècles et demi.

La véritable maxime, celle que les hommes devront adopter demain, s'ils ne veulent pas risquer de disparaître, est : *Si vis pacem, para pacem.*

Il faut croire que le poids de la tradition, si stupide et si aberrante soit-elle, demeure bien fort, au point de nous empêcher de découvrir ce que nos pratiques peuvent avoir de contraire à l'idéal pacifique, seul capable d'assurer à notre espèce un avenir acceptable. Nous sommes si proches, dans le temps, de nos ancêtres préhistoriques qu'il ne faut d'ailleurs pas être surpris de voir notre sang véhiculer encore tant d'instincts primitifs et barbares. Le fait que l'homme soit, de tous les animaux, le seul qui ose organiser des écoles pour apprendre à ses jeunes à tuer leurs semblables est monstrueux, mais qui songe à s'en offusquer ? Le lion qui, lui, n'est pas fou, n'enseigne pas au lionceau à tuer des lions, ce qui serait à la fois stupide et impensable ; il lui apprend à tuer des gazelles car il n'est malheureusement pas herbivore.

Des animaux, en foule, font cercle ; ils semblent épouvantés et consternés à la fois. Quel hideux spectacle peut, chez le lion comme chez la girafe, chez le rhinocéros comme chez le singe, provoquer semblable unanimité dans l'effroi ? La scène qui se joue au centre du cercle l'explique assez : deux affreuses brutes en uniforme, trapues, râblées, casquées, sont en train de s'entre-massacrer, l'une d'elles a déjà transpercé de part en part un adversaire qui d'un coup de crosse lancé à pleine volée lui écrase le mufle... Édifiant spectacle, à coup sûr, et bien digne d'appuyer d'aussi discutables notions que celles du « Roi » de la création ou d'un *Homo* soi-disant *« sapiens »*...

Elles eussent pu, après tout, rire un coup, ces bêtes, ou ironiser, et c'eût bien été un peu leur tour, à la vue de leurs bourreaux aux prises dans un combat féroce ; non, elles ne rient pas, elles sont affligées, et elles ont peur : tant de sauvagerie, tant de cruauté chez ce « frère aîné » que leur commun labeur avait pourtant — un peu imprudemment, semble-t-il — porté à la pointe du monde vivant... Et elles se disent : « A voir ce qu'ils sont capables de faire, ces monstres, valait-il *vraiment* la peine de pousser l'évolution jusqu'à l'homme ? Ne serait-il pas grand temps de songer à relayer les primates ? » (Illustration et légende extraits de « Sommes-nous des hommes préhistoriques ? » paru dans *Le Christianisme social* n° de novembre-décembre 1964.)

Quelqu'un n'a-t-il pas, il y a peu, remarqué à juste titre que, si nous étions sortis de l'âge des cavernes, il était devenu nécessaire et urgent de sortir enfin de celui des casernes.

Il est cependant satisfaisant que le mot même de « guerre » soit parfois aujourd'hui perçu avec une certaine gêne. Serait-ce le signe qu'une évolution des esprits est en train de s'amorcer ? C'est ainsi que nombre de pays, n'osant plus avoir un ministère de la Guerre, utilisent le gracieux euphémisme du ministère de la Défense, terme dont l'application littérale s'avère parfois difficile car en quoi la défense d'un territoire national peut-elle impliquer certaines gesticulations belliqueuses s'effectuant aux quatre coins du monde, et, si nous avons un ministère de la Défense, pourquoi avoir tenu à conserver une École supérieure de la guerre ?

C'est à Napoléon — eh oui ! encore lui, hélas ! — que nous devons la véritable sacralisation de l'armée. On peut donc être puni pour injures envers l'armée, alors que l'on peut en toute impunité attaquer le syndicat de la boulangerie, le Muséum d'histoire naturelle, la Ligue des droits de l'homme, etc. La guerre, malgré la fascination qu'elle exerce sur l'homme, doit se voir enfin, non seulement mise hors la loi mais déshonorée.

Ma récente réponse à un plaisant me demandant ce que je ferais si j'étais président de la République devait être la suivante :

— je commencerais par remplacer le ministère de la Guerre, dit de la « Défense », par un ministère de la Paix ;

— je déclarerais solennellement la paix au monde ;
— je ferais activement travailler à la reconversion des industries d'armement, de façon que le mot « désarme-

Monod répond à Mitterrand

Théodore MONOD a reçu du Président de la République une invitation à assister à la réception offerte à l'occasion de la « fête du 14 juillet » au Palais de l'Élysée.
Voici la réponse de notre ami :

Monsieur le Président,
Je tiens à m'excuser de ne pouvoir assister à la réception du 14 juillet à laquelle vous avez bien voulu m'inviter.

Je continue à nourrir le vivant espoir que le jour viendra où la fête nationale ne sera plus seulement militaire et verra défiler aussi les bûcherons, les cheminots, les mineurs, les instituteurs, les infirmiers, et plus uniquement les hommes de guerre.

Dans l'attente de ces temps nouveaux où, de plus, le refrain de notre hymne national ne sera plus sanguinaire et raciste, je vous prie de bien vouloir agréer, Monsieur le Président, l'expression de ma haute considération.

Théodore MONOD

Union pacifiste p. 245
Avril-septembre 1988

ment », qui n'évoque jusqu'ici que des possibilités lointaines et sans cesse volontairement reculées, finisse par devenir rapidement une réalité effective.

Comment imaginer d'ailleurs qu'un pays se disant foncièrement pacifique puisse tolérer que son hymne national possède un refrain à la fois raciste et sanguinaire ? Il y aurait donc, comme on le fait chanter aux bambins de nos écoles, un sang « impur » dont il serait nécessaire d'« abreuver nos sillons ». Bel idéal évidemment de fraternité universelle ! Puisqu'il existe désormais une loi sanctionnant l'emploi de propos incitant à la haine raciale, ne pourrait-on pas songer à déposer une plainte[1] contre un refrain qui déshonore notre hymne national ?

A la réflexion, on peut se demander si l'homme déteste la guerre autant qu'il le prétend parfois. N'aurait-elle pas, pour certains, ses fascinations, voire ses blandices ?

Ne pourrait-elle constituer alors une forme de l'évasion, en permettant au bon époux, bon père, bon citoyen, de commettre, au moins une fois dans sa vie, les saloperies qu'il n'a jamais pu voir encore qu'à l'écran ? Simple supposition, bien entendu...

Si commencer une guerre est, on ne le voit que trop, chose aisée, savoir la terminer autrement que par le brutal diktat d'un vainqueur est autre chose. A cet égard, j'ai appris récemment que certaines sociétés animales — il s'agit ici de nos cousins les singes — ont su élaborer toute une série de

1. Signalons que s'est fondée, à l'initiative de l'abbé Pierre, une association intitulée « Pour une *Marseillaise* de la fraternité ».

rites de réconciliation. Les conflits ne manquent pas de surgir dans la vie quotidienne, même entre singes. Mais, une fois le coupable justement condamné et l'algarade officiellement terminée, le groupe doit pouvoir retrouver une paix un moment troublée. D'où ces étonnants procédés destinés à rendre à un citoyen momentanément délinquant sa juste place au sein de la société.

Pareil exemple devrait inciter à la réflexion car notre humanité, qui continue trop souvent de considérer les périodes de « paix » comme de simples pré-guerres, ne semble pas encore prête à codifier et à pratiquer semblables rituels...

Troisième partie

Humanité et biosphère

FLAMME

Brouillards, où retrouver, cette nuit, sur la plage
Nos pas qu'un flot vainqueur a jetés au néant?
Vois, le cadavre ailé s'abîme en l'océan
Comme sombre le clair lotus au marécage.

Pourquoi, soleils ternis, obscurcir d'un nuage
Blanc de l'épithalame et pourpre du péan,
Avec le « oui » du saint le « non » du mécréant,
L'éclat de la corolle et les feux du plumage?

Au patient baiser de la vague inlassable
Se dissout le granite, et chavire le mont
Sous l'usure du vent qui le mord et l'ensable.

Flamme, si l'épouvante alourdit la nacelle,
Viens, si des cieux trop noirs aveuglent le gnomon,
Poser sur nos tombeaux, Esprit, ton étincelle.

(Paris-Dakar, 20 septembre 1950)

Chapitre 6

Un constat d'urgence

L'homme, d'abord, n'est, et ne peut être, qu'un des éléments de la biocénose dont il fait partie. C'est un mammifère récolteur et prédateur parmi d'autres.

Ni le chasseur, ni le pêcheur, ni le ramasseur ne serait autre chose, à ce stade, et tant que leur nombre demeurera négligeable et leur technologie archaïque, qu'un des éléments, *inter pares*, de la biocénose, un des rouages, parmi tant d'autres, d'une réalité cosmologique dans laquelle l'homme va se découvrir directement inséré.

Mais le progrès technique s'est lentement affirmé et, à partir d'un certain degré de puissance, l'agression se développera dans de nombreux domaines auxquels la presse fait de plus en plus allusion. Personne ne saurait plus ignorer aujourd'hui l'étendue des dégâts déjà commis et l'ampleur des menaces à craindre pour l'avenir.

En effet, les destructions anarchiques et insensées se poursuivent à un rythme accéléré malgré de timides règlements, trop souvent violés d'ailleurs par celui-là même qui est chargé de les faire observer.

Le jour n'est, hélas ! pas venu où l'extinction d'une espèce vivante sera tenue pour un délit aussi grave que la destruction d'un chef-d'œuvre artistique. Le fait est d'ailleurs plus grave encore, évidemment, puisqu'on peut reconstruire un monument ou même refaire un tableau, mais qui rappellera à la vie le grand pingouin, le pigeon migrateur, le dodo ou le zèbre quagga ?

> « Tu crois pouvoir écraser cette chenille ?
> Bien, c'est fait : ce n'était pas difficile.
> Bien, maintenant, refais la chenille... »
>
> Lanza del Vasto.

Bien sûr, en face de tant de destructions et de menaces, l'homme commence, timidement encore d'ailleurs, à réagir. Une opinion peu à peu se forme. Parcs nationaux et réserves naturelles tentent de limiter les dégâts, des organismes internationaux, Union internationale pour la conservation de la nature, *World Wildlife Fund*, etc., sont au travail. Les résultats ne sont pas nuls, mais il serait présomptueux de croire la partie gagnée. La planète continue à se voir allègrement saccagée et pillée. Dans quel état allons-nous remettre à nos descendants un héritage dont nous n'étions pourtant qu'usufruitiers et temporaires dépositaires ?

Les lieux communs et les dictons de la prétendue « sagesse des nations » sont bien la forme la plus insidieuse et la plus malfaisante du mensonge. « L'argent n'a pas d'odeur » ? Alors qu'il pue terriblement. *Si vis pacem para bellum ?* Alors qu'il n'est pas d'exemple dans l'histoire de pacifique course aux armements qui ne s'achève dans le sang. « La fin justifie les moyens » ? Et c'est la torture réinstallée dans la plupart des polices et toutes les armées du monde... Et, bien entendu, le fameux : « On n'arrête pas le progrès », argument péremptoire, définitif, dès qu'il s'agit de justifier une nouvelle sottise.

Le sophisme est cependant clair, car il joue sur la terrible ambiguïté du substantif « progrès » : en jouant sur les mots, refuser la bombe atomique, ou l'assassinat de la Côte d'Azur, ou l'extermination des baleines, c'est être, nous affirme-t-on sans rire, contre le progrès !

C'est donc que le mot a plusieurs sens puisqu'il peut désigner à la fois le perfectionnement des mécaniques, l'augmentation des dividendes, la construction d'une bombe atomique « à objectifs démographiques » *(sic)* ou, d'autre part, l'amélioration du sort des hommes, le soulagement de leur peine, un peu plus de justice, un peu moins de violence et de cruauté.

D'ailleurs, à tenir pour équivalents progrès technique et progrès véritable, on en arrive — et c'est un signe grave d'aberration psychologique — à faire les choses sans raison profonde, mûrement et sincèrement réfléchie, mais uniquement parce qu'on peut, matériellement, les faire : on construira donc l'avion supersonique, non que le joujou soit utile, puisqu'il permettra à quelques nantis de gagner trois heures entre un embarras de voitures à Londres et un autre à New York, mais parce qu'on peut, techniquement, le réaliser.

L'un des symptômes les plus significatifs de la maladie qui nous ronge, le productivisme, se retrouve chez un oiseau africain, le tisserin, à ce point conditionné par sa manie du tissage que, même quand ce dernier n'a plus de sens, par exemple en dehors de la période des nids, il continue à tresser inlassablement des objets inutiles. L'homme moderne a rejoint les plocéidés puisque indépendamment de tout objectif raisonnable et justifié, il en arrive à faire les choses non plus parce qu'elles seront utiles mais parce qu'on peut les faire... C'est l'objet, l'entreprise, la machine, etc., pris désormais pour une fin en soi. Qui ne voit le danger ? et les trop nombreux exemples de ce « plocéisme » dans les branches les plus discutables de notre activité, armements par exemple ? Peter Harper l'a dit dans une excellente formule : *« Our problem is not that we don't know how to do things but that we don't know what we really want. »* C'est bien marquer que la solution du problème général dépassera toujours le cadre limité des questions économiques ou techniques : il y va de bien autre chose, et de bien davantage.

Un *Homo sapiens* qui tiendrait à mériter une épithète aussi prématurée accepterait-il de se lancer à l'aveuglette dans tant d'entreprises hâtivement décidées et sans que les conséquences lointaines en puissent être encore connues ? Est-ce se comporter en être moralement responsable que de risquer ainsi, soit pour un profit immédiat, soit pour un simple accès de « plocéisme », de compromettre l'avenir ? A-t-on le droit de prendre des risques non mesurés et peut-être énormes au détriment éventuel des siècles à venir ?

Existe-t-il par exemple une solution satisfaisante au problème de l'élimination des déchets radioactifs ? Est-on certain que l'optimisme officiel en matière d'énergie nucléaire soit justifié ? Beaucoup, et pour de solides raisons, le contestent. L'éthique, une fois de plus, et que l'on avait cru pouvoir exorciser, et récuser, tient à avoir voix au chapitre : qui oserait l'en blâmer ?

On se lancera tête baissée, à l'aveuglette, dans l'énergie nucléaire sans s'être suffisamment soucié à l'avance, et sérieusement, des terribles problèmes de demain, les déchets, la pollution thermique, les risques pour l'environnement, etc. Qu'importe ? Fonçons toujours, les yeux fermés, sans souci des conséquences, et aussi, si possible, bien sûr, dans le secret, sans discussion publique, honnête et impartiale, au risque d'obérer gravement l'avenir, et pour des siècles peut-être. Tiens, il y a tout de même un proverbe véridique : *Quos vult perdere Jupiter dementat*, « Ceux dont Jupiter a résolu la perte, il les précipite dans la démence... » Dédié aux magiciens de l'EDF.

CRÉPUSCULE

Déjà, la rouge étoile, au ponant basculée,
Sur les gisants épars appelle un nouveau jour :
Debout ! le vent se lève, et le soir, à son tour.
De ta peineuse étape, en la nuit reculée,
Dira le vain labeur tandis que l'horizon,
— Cailloux noircis, sablons ocreux ou dune rose —
Verrouillé sur sa proie en cercle s'ankylose,
De tes élans brisés demeurant la prison.
A tes pas ralentis qu'épuisent l'âge et l'ombre
Se dérobe un destin las d'être poursuivi :
La quête est sans espoir d'un cœur inassouvi,
Promis à l'incertain, à l'errance, au décombre,
Aux sables du désert comme au rocher poli,
Où ton geste pensait vaincre le provisoire :
D'un éphémère orgueil en sa trace aboli
S'effacera bientôt la marque dérisoire.

Silence, ô ma douleur... Écoute... La cantate
Des cosmiques accords aux bords du monde éclate...
Retiens ton souffle... Au loin jaillit l'éclair vainqueur :
Ivre de tant de feux, viens enfin, ô mon cœur,
— Les ultimes secrets au ciel vont-ils paraître ? —
Acclamer, dans la nuit, l'Inconnu, qui va naître.

(Khartoum-Arusha, 1-3 septembre 1961)

Chapitre 7

A la recherche d'une moralité nouvelle[1]

1. Communication de Théodore Monod à la réunion de l'Union internationale pour la conservation de la nature et de ses ressources, BANFF, Canada, 12-15 septembre 1972.

« ... donner une dimension spirituelle au progrès »

(Ph. Saint-Marc, 1971)

« *Discours de la Méthode* ou Discours de la Vie ? »

(D. Sibony et D. Guedj, *Survivre*, n° 10, 1971)

On ne devrait évidemment pas pouvoir s'avouer surpris qu'une réunion « technique » de l'UICN fasse sa place, il faudrait dire : fasse *enfin* sa place à un problème en réalité aussi primordial, aussi fondamental que celui des bases morales de l'attitude de l'homme en face de la nature et, singulièrement, des êtres vivants.

Et cependant, c'est avec un certain étonnement que l'on voit aujourd'hui l'éthique acquérir droit de cité parmi les préoccupations explicites, ouvertement manifestées, et désormais quasi officielles de l'UICN. C'est que cette attitude, dont je ne saurais trop, personnellement, me féliciter, représente ici, il faut bien le reconnaître, un courant de pensée à divers égards assez nouveau. En effet, les pionniers du Mouvement pour la défense des êtres vivants et de leurs habitats étaient avant tout des naturalistes, sensibles au caractère non seulement insensé mais immoral, voire, pour certains, impie de nos économies de proies et du joyeux saccage de la planète auquel se livrait sans remords une société industrielle ne reconnaissant pour loi, pour religion que celle du profit. Et puis l'on devait voir disparaître du titre de l'Union le mot généreux de « protection », remplacé par celui de « conservation », tandis que se faufilait à la suite de ce dernier celui de « ressources ». A une attitude qualifiée, avec peut-être une pointe de réprobation, de « sentimentale » — adjectif devenu, paraît-il, péjoratif — se voyait, au moins partiellement, substituée une philosophie ou, plus exactement, une politique plus terre à terre, plus sage, plus raisonnable, plus « réaliste », celle de la rentabilité (matérielle, bien entendu), celle de l'utilité pratique, celle que professait un ministre français de l'Agriculture ne voyant dans la protection de la nature qu'une opération économique et devant « payer », ou l'un de ses collègues, ministre de l'Équipement, avouant : « Je n'ai pas la manie des sites. De tout temps les hommes ont recherché la compagnie des arbres. C'est là qu'il faut construire. »

La réapparition de l'équation morale au sein de l'UICN, si plusieurs d'entre nous, cela va sans dire, ne l'avaient jamais oubliée ni reniée, vient très heureusement rappeler que rien de durable, rien de solide ne sera jamais bâti sur les fondements instables, passagers, temporaires du profit économique ou de la réussite technique. Les vrais problèmes, les vrais mobiles, l'idéal véritable et ses exigences sont, évidemment, ailleurs. Il n'y a pas d'action pleinement efficace, c'est-à-dire enracinée dans une vision globale de la réalité humaine et de son devenir, en dehors d'un choix et d'un choix faisant référence à un système de valeurs immatérielles. Philippe Saint-Marc l'a fortement affirmé dans un livre lucide et courageux : « la politique économique suppose une métaphysique[1] ». C'est l'évidence, mais le sait-on déjà chez les puissants du jour, responsables de l'avenir de la planète et de ses habitants ?

Les naturalistes, eux, en tout cas, ne l'ignorent pas : après Charles Elston, Marston Bates notait[2] que trois ordres de considérations devaient inspirer nos relations avec la nature : éthiques, esthétiques, utilitaires, avec l'intention de maintenir les diversités naturelles, ce qui est *« morally the right thing to do »*. Ce qui implique l'acquisition d'une vision nouvelle du monde, d'une morale nouvelle, d'une conscience nouvelle. Utopie[3] ? Rêverie ? Je ne sais, mais une chose en tout cas demeure désormais certaine : ou l'homme acceptera la réconciliation avec la nature, et les responsabilités qu'elle implique, ou bien il ira joyeusement engager sa race dans les plus graves périls.

---

1. Philippe Saint-Marc, *Socialisation de la nature*, Stock, 1971.

2. Marston Bates, *The Forest and the Sea — A Look at the Economy of Nature and the Ecology of Man*, Mentor Books, 1961.

3. Je rappelle que l'on a trop souvent qualifié d'utopie, au sens d'« irréalisable », ce qui n'était en fait seulement qu'« irréalité », mais devait le devenir.

Il faut donc à l'homme une éthique nouvelle ou, plus exactement, renouvelée, du moins s'il doit demeurer fidèle à sa vocation véritable et, ce faisant, écarter les menaces les plus graves que son activité désordonnée et imprudente a accumulées sur sa route. Faute de quoi, il renoncera à sa dignité d'homme : « Un système de valeurs morales construit sur la base du confort ou du bonheur individuel est tout juste suffisant pour un troupeau de bétail », disait Einstein.

La nécessité de parvenir à voir le combat pour l'environnement sous-tendu par des préoccupations morales se trouve d'ailleurs sans cesse plus nettement reconnue, mais rarement, il est vrai, du côté du pouvoir. Et pourtant, ne voit-on pas apparaître les mots *environmental ethic* dans un document officiel américain[1].

C'est un fait dont il faut savoir se réjouir, encore que l'on souhaiterait aussi qu'aux mots les faits viennent répondre, mais où est l'*environmental ethic* dans les colossaux épandages de défoliants et autres poisons en Asie du Sud-Est ?

---

1. 2nd Ann. rep. CEQ, 1971, p. 265. Le président de la République française emploie l'expression « morale de l'environnement ».

Principe et fondement[1] de la morale

On ne va pas, que l'on se rassure, tenter ici de « traiter » un pareil sujet, entreprise échappant d'ailleurs totalement à ma compétence. Je me contenterai seulement de rappeler deux des plus importantes contributions à la création d'une éthique fixant à l'homme des devoirs à l'égard de la nature vivante.

La première est, bien entendu, celle de Schopenhauer, l'un des très rares philosophes à avoir su intégrer le monde animal dans son système de morale. Pour Schopenhauer la maxime fondamentale serait : « *neminem laede imo omnes, quantum potes, juva*[2] », qui résume tout le principe de la morale. Le fondement de toute éthique c'est la pitié, donc la sympathie, mouvement spontané où moi et non-moi se rejoignent et qui deviendra la source à la fois de la justice et de la charité, au sens fort, bien entendu, et paulinien de ce dernier mot : *agape (caritas).* Il est évident que mis en pratique et appliqués aux relations de l'homme et de son milieu naturel, ces principes bouleverseraient le comportement des États comme celui des individus : la nature pourrait, enfin, guérir des maux et des blessures que nous lui

1. « Principe » (le *datum*) en tant que différent de « fondement » (le *quaesitum*, les « raisons » du principe), distinction sur laquelle insiste Schopenhauer.

2. « Ne nuis à personne mais au contraire viens en aide à tous autant que tu le peux » (*Le Fondement de la morale*, 1840, trad. Bastian).

infligeons sans scrupules. On peut lutter pour la conservation par intérêt, immédiat ou non (assurer la prospérité et la survie de l'humanité), mais c'est seulement quand l'entreprise reposera sur des exigences morales reconnues et adoptées pour règle de vie que la victoire sera définitive.

Le second exemple est, bien sûr, celui d'Albert Schweitzer, acceptant le principe du respect de la vie comme base de toute morale[1]. La grande découverte (ou, plus exactement, re-découverte car la chose n'était neuve que dans l'Occident « chrétien ») c'était, bien entendu, que l'éthique, dépassant son cadre accoutumé mais limité — les relations d'homme à homme — allait, d'un coup, s'étendre à l'ensemble des êtres. On mesure les conséquences de ce principe et ce que deviendrait le monde s'il se voyait pris au sérieux, et résolument appliqué. Non seulement la non-violence deviendrait une loi morale à la fois individuelle et collective mais les ravages de nos économies de proie se verraient interrompus, une ère nouvelle commencerait, celle de la solidarité et de la guérison.

Si l'éthique du respect de la vie est née si tardivement en Europe, ailleurs, elle était connue depuis très longtemps. Que l'on songe aux religions de l'Orient, au jaïnisme, au bouddhisme, au taoïsme, etc. Un célèbre texte chinois du XVe siècle, le *Livre des récompenses et des peines*, devance Albert Schweitzer de 500 ans avec des maximes comme celle-ci : « Montrez-vous humains envers les animaux... Il

1. Voir chap. 2, « Du biface à la bombe », p. 37.

faut aimer non seulement tous les hommes mais même tous les animaux... Quelque petits que soient un grand nombre d'entre eux, un même principe de vie les anime, tous sont attachés à l'existence, tous redoutent la mort... Il ne faut pas se livrer à cette barbarie qui porte certains hommes à les tuer... Ne faites pas le mal, même aux insectes, aux plantes et aux œufs... » Parmi les choses à éviter : « Lancer des flèches aux oiseaux, et chasser les quadrupèdes. Faire sortir les insectes de leurs trous, effrayer les oiseaux qui sont endormis dans les arbres... Boucher les trous des insectes, détruire les nids des oiseaux... Tuer les femelles qui portent, briser les œufs des oiseaux... »

Une moralité nouvelle ? Oui et non tout à la fois

Non, d'abord, si l'on songe qu'au fond il pourrait s'agir bien plutôt d'appliquer enfin, dans la pratique, des règles morales connues depuis bien longtemps mais auxquelles les hommes n'ont jamais obéi qu'individuellement, et le plus souvent de façon très imparfaite et fragmentaire, mais jamais en groupe : les États, par exemple, n'ont pas de morale et n'ont jamais hésité devant le mensonge, la fourberie ou la violence.

Historiquement, l'essentiel des grands codes moraux de l'humanité se voit formulé de très bonne heure. En gros, avec les VIIe-VIe siècles av. J.-C., donc avec un âge moyen de

2 500 ans, on assiste à une floraison extraordinaire sans doute mais — et qui s'en étonnerait ? — aussi convergente que des sentiers gravissant, chacun de son côté, une même montagne : et voici s'élevant coup sur coup comme les pièces successives d'un feu d'artifice éclatant en plein ciel : les *Upanishad*, Zarathoustra, le *Tao* de Lao Tseu, les prophètes pré-exiliques d'Israël, une religion de la non-violence (le jaïnisme de Mahavira) et le Sermon de Benarès : celui sur la Montagne n'est que de cinq siècles plus jeune mais vieux déjà pour nous de quelques 1 960 ans. En fait, depuis vingt siècles les plus hautes expressions d'un idéal moral se trouvent déjà formulées et « théoriquement » connues : il ne reste « qu'à » les appliquer et à les traduire en actes. On voit mal, en tous les cas, ce que, dans ce domaine, nous pourrions avoir la prétention d'inventer.

Mais ce qui précède ne satisfera personne car en réalité, il y a tout de même du nouveau. Non pas, répétons-le, que nous puissions nous imaginer appelés à « perfectionner » le *Tao-Te King* ou les Béatitudes, mais parce que notre propre tradition morale, judéo-chrétienne, premièrement a présenté, dans le domaine qui nous occupe, de trop évidentes lacunes et deuxièmement se trouve confrontée aujourd'hui à des problèmes nouveaux, créés par le développement anarchique d'une religion du progrès mécanique, du profit matériel, d'une technolatrie finissant par tenir l'objet pour une fin en soi indépendamment de sa valeur humaine et de toute signification morale.

Le premier point n'exige guère de développements tant il est évident. Quel est en effet le postulat des trois grands monothéismes : judaïsme, christianisme, islam, sinon un anthropocentrisme radical, tenant l'homme pour le roi d'une création faite en quelque sorte pour lui seul et sur laquelle il va jouir d'un droit régalien sans réserves, celui de la soumettre à son usage et de la contraindre à le servir. D'un côté un propriétaire souverain titulaire du *jus uti et abutandi*, de l'autre la propriété, animée ou inerte, mais identiquement soumise au bon plaisir du maître, taillable et corvéable à merci. L'homme d'un côté, la nature de l'autre, tous deux créés sans doute mais sans aucun sentiment chez l'homme de responsabilité morale, de l'interdépendance des êtres, de la profonde unité du monde vivant, de la sympathie qu'en son sein doivent manifester les éléments psychiquement les plus avancés. De cette orgueilleuse philosophie qui ne voit dans l'animal qu'un gibier et dans le cosmos tout entier qu'une « ressource », de ce triomphalisme élémentaire les signes, hélas ! abondent. Dès le récit de la création, l'homme est invité à remplir la terre et à l'assujettir, à dominer sur les poissons, les oiseaux, les animaux terrestres[1], et les préceptes noachiques sont plus durs encore[2] : « Soyez la terreur de tous les animaux de la terre et de tous les oiseaux du ciel, comme de tout ce dont la terre fourmille et de tous les poissons de la mer : ils sont livrés entre vos mains. Tout ce qui se meut et qui possède la vie vous servira de nourriture : je vous donne tout cela... » Belle maxime, et qui, au cours des siècles, excusera tout, l'extermination des espèces, tous les massacres, toutes les

1. Genèse I, 28.
2. Genèse IX, 2-3.

chasses, même les plus sauvages, toutes les cruautés, y compris celles des divertissements sanglants, honte de prétendues « civilisations » qui ne sont trop souvent que barbaries mal camouflées.

Rien d'étonnant en tout cas que, partant de semblables prémisses, les religions du Livre n'aient envisagé les rapports de l'homme et de la nature que comme ceux de maître à esclave. Les théologies monothéistes se ressentent d'ailleurs jusqu'ici de ce mauvais départ et n'enseignent pas encore une éthique de la sympathie et du respect de la vie. Ce courant religieux d'utilitarisme et de matérialisme pratique allait d'ailleurs se voir rejoint et fortifié par un cartésianisme mécaniste, théoricien de l'animal-machine. Plus que jamais la morale et ses devoirs ne pouvaient concerner désormais que les rapports entre les hommes, à l'exclusion de tout le reste qui, évidemment, ne saurait compter.

Une seconde religion, en effet, celle du scientisme matérialiste et du progrès technique, s'est développée à partir du XVIIIe siècle au point d'être devenue aujourd'hui la doctrine incontestée des États modernes, et d'ailleurs quel que soit leur régime économique : capitalisme et socialisme demeurent, avec des nuances sans doute, fondamentalement d'accord dans la pratique d'une mystique de la production, de l'exploitation des ressources naturelles. Si d'un côté la Genèse autorise la *Raubwirtschaft*, de l'autre c'est le marxisme qui entonne un hymne prométhéen à la domination d'un *Homo* soi-disant *sapiens* destiné à transformer la nature sous toutes ses formes : les finalités pourront être différentes, la pratique demeure très comparable.

Marculesco[1] se demande à ce sujet si le marxisme ne serait « qu'un rejeton à peine hétérodoxe » de la théologie judéo-chrétienne et il poursuit : « Est-ce l'idée de l'homme maître-de-la-nature, de l'unicité de l'homme, mandataire de Dieu, de l'anthropocentrisme qui est une conséquence de ce prétendu type théologique, qui ont amené les désastres qui nous menacent ? La bombe atomique serait-elle une conséquence funeste mais prévisible d'une attitude qui conçoit la conquête, la domination, la maîtrise par l'homme de tout ce qui n'est pas lui, comme une loi fondamentale ? » Remarques auxquelles fait écho le philosophe Paul Ricœur[2] : « La mythologie productiviste est-elle inscrite directement dans le socialisme et commune à tous les régimes connus ?... rien ne dit que le phénomène cancéreux de croissance galopante de la technologie puisse être aisément jugulé et qu'un "socialisme à visage humain", comme on dit, soit en état de maîtriser les forces déchaînées de la technologie. »

On est souvent surpris de constater à quel point le dogme de la nature « propriété » de l'homme a marqué la pensée occidentale. Qu'un forestier puisse déclarer (23 novembre 1971) que la forêt a besoin de l'homme, c'est qu'il ne songe qu'à la forêt jardinée, exploitée, source de profit et oublie la vraie forêt, celle qui est encore autonome et libre. Mais on s'étonnera de trouver sous la plume d'un

---

1. Marculesco, « Écologie, axiologie, morale sociale », *Le Christianisme social*, 1970.

2. Paul Ricœur, « Vers une éthique de la finitude », *Le Christianisme social*, 1970.

ardent défenseur du milieu naturel cet aphorisme : « La Nature n'a de sens que par l'homme, c'est pour lui qu'elle existe[1]... » Ici encore, on n'a sans doute songé qu'à la nature domestiquée, peignée, asservie de nos paysages occidentaux : il en existe encore, Dieu merci, bien d'autres.

Toutefois, si les morales traditionnelles n'ont en général pas voulu — ou pas su ? — découvrir la solidarité qui unit entre eux tous les êtres vivants, elle va se trouver, *volens nolens*, confrontée tout de même, et par le jeu même de l'activité humaine, aux problèmes qu'elle avait cru pouvoir durablement ignorer. En effet, le moteur emballé de l'industrialisation, panacée universelle, le libéralisme matérialiste du « laisser-faire », le culte de l'argent, une technocratie « emballée » finissant par se prendre pour un but en soi, l'identification du seul progrès véritable, celui des comportements moraux et des finalités supérieures, avec celui du PNB tenu pour une valable mesure du degré d'évolution d'un pays, cent autres préjugés, erreurs ou hérésies, devaient bientôt porter leurs fruits, leurs fruits empoisonnés.

On le voit assez aujourd'hui et à l'ampleur des dégâts déjà commis, et à celle des menaces nouvelles pesant désormais, chaque jour aggravées, sur la planète, et aussi, il faut bien le reconnaître, à la notoire insuffisance des réactions de l'opinion comme de l'État devant la montée des périls. Philippe Saint-Marc n'hésite pas à le proclamer :

1. Philippe Saint-Marc, *op. cit.*, p. 125.

« Ce dont la Nature a le plus besoin, c'est d'une politique nouvelle, d'un refus de laisser notre terre mourir pour le profit. Pour éviter la catastrophe, il faudra ralentir fortement l'expansion de la population... Mais cela ne suffira pas. La croissance économique, beaucoup plus rapide que la croissance démographique, continuera à aggraver les nuisances jusqu'au point de rupture psychique et physique, si nous ne transformons pas fondamentalement l'orientation du développement. Il n'y a pas de solution à la crise de l'environnement, si l'on ne change pas de système économique en substituant au libéralisme matérialiste un humanisme socialiste, au culte du veau d'or l'idéal d'un progrès de l'homme, au " laisser-faire " la direction de l'État, au nationalisme le mondialisme. »

Oui, mais qui écoutera la voix du prophète, risquant une fois de plus de crier « dans le désert » ? Qui osera, par-delà les chatoyantes fascinations de l'apparence et de l'illusion, par-delà les blandices du confort ou les tentations de l'intérêt, découvrir les vrais problèmes, les seuls vrais problèmes, ceux que ne résoudront qu'un choix réfléchi et courageux : pour ou contre « l'homme *et* la Nature », plus que jamais inséparables ? Car en face des dangers sans cesse croissants qui le menacent, l'homme ne se sauvera pas seul. Ou bien, se découvrant enfin solidaire de l'ensemble du monde vivant, il acceptera la réconciliation qui s'impose et renoncera à ses cruels orgueils, ou bien il ira tout droit, à bord du convoi emballé dont il ne contrôle déjà plus la course, à une catastrophe où il risque malheureusement d'entraîner, avec l'apprenti sorcier puni de sa déraison, d'autres êtres, eux bien innocents des apocalypses, nucléaires ou non, qui déjà rougeoient sur l'horizon.

A la croisée des chemins : le choix des finalités

Deux jeunes auteurs soucieux de voir les biens non matériels intégrés enfin à leur tour dans la notion d'économie, jusqu'ici toute quantitative, n'hésitent pas à affirmer que « la finalité économique n'est pas la sécrétion du *plus* mais l'avènement du *mieux*[1] », et à conclure : « Il faut choisir : voulons-nous une économie de destruction ou une économie de création ? L'être ou l'avoir ? » Ils posent ainsi un problème majeur et qui sera, cela va sans dire, moral, puisque l'économique, ici, « intègre en soi la réalisation d'une fin éthique[2] ».

Rien de plus, mais rien de moins, bien que l'attitude soit encore très répandue qui veut limiter à l'utilité les raisons qu'a l'homme de défendre la nature. On en retrouve parfois la trace jusque chez certains conservationnistes estimant par exemple que « la conservation est une philosophie qui préconise l'utilisation rationnelle des ressources dans l'intérêt du public[3] », définition dont les défauts et les limita-

1. Barde et Garnier, *L'Environnement sans frontières*, Seghers, 1971.
2. Barde, *Écologie et Économie*, *Le Christianisme social*, 1970, 1978, p. 369-381.
3. Bulletin UICN, n° 15, avril-juin 1966, p. 6.

tions sautent aux yeux, et tout à fait typique d'un certain anthropocentrisme courant.

Pour beaucoup, la seule justification d'une défense de la nature contre les excès d'une activité humaine incontrôlée, sauvage et, parfois, cruelle reste donc l'utilité. On se place alors sur le seul terrain de l'économie pour n'accepter que ce qui se révèle, comme on dit, « rentable », que ce qui se vend ou s'achète, que ce qui paye...

Mais l'*Homo œconomicus* est-il tout l'homme, comme si seuls comptaient le quantifiable, le mesurable, le pesable, le vendable, comme si le domaine de la qualité était devenu négligeable et pour certains même, à la limite, méprisable ?

On comprend donc Sir Julian Huxley, déclarant qu'il préférait au terme de « ressources » naturelles celui de « valeurs », de façon précisément à empêcher « conservation » de devenir synonyme de « matériellement profitable », risque dont on voit tout le danger car, si l'on accepte de protéger la forêt uniquement parce qu'elle produit du bois, quelles raisons de la protéger le jour où le bois serait devenu sans utilisation pratique ?

Ce qui signifie que le problème des relations entre l'homme et son milieu reste au fond, avant tout, un problème de choix et de finalités. Il ne faut pas avoir peur des mots, même au risque de s'attirer la réprobation des sages et des habiles. La solution de problèmes qui intéressent tout l'avenir de l'humanité, et sans doute même son existence, est bien loin de n'être que technique, d'autant plus que les progrès matériels sont trop souvent l'objet d'applications diaboliques, destinées, par exemple, à tuer mieux, de plus loin et en plus grande quantité, objectifs qui, eux, se voient beaucoup plus substantiellement financés que la lutte contre la maladie, la misère ou la faim.

On en revient toujours au problème central, celui d'une option morale à effectuer et par conséquent d'une philosophie à adopter, d'un choix portant sur la fin de la destinée humaine. Au fond, que voulons-nous, que devons-nous vouloir ? Posséder de plus en plus (et « être possédés » !), augmenter notre puissance (matérielle !) et multiplier nos « gadgets » ou viser à un accroissement de l'être, à l'hominisation véritable seule en mesure de nous arracher aux barbaries ancestrales et de rendre enfin possible notre réconciliation avec la nature ? Continuer à « sacrifier le bonheur » au profit et à la puissance, à rester « un homme vide aux mains pleines[1] », à justifier la définition de Thoreau : « *improved means to unimproved ends* » ? Ou bien, tandis qu'il en est temps encore, peut-être, bifurquer hardiment, courageusement, sans arrière-pensée, dans l'autre direction, celle qui fait passer l'homme avant le profit, la croissance spirituelle avant celle du PNB, le bonheur vrai avant la religion de la production ?

Je n'ignore pas que l'antithèse du « plus » et du « mieux » n'est pas admise de tous : mais quand M. le président-directeur général de la société française BP affirme par exemple (2 décembre 1971) que c'est un « faux problème », on n'est pas obligé d'accepter une vue aussi optimiste, et l'on préférera conserver une liberté de jugement

1. Morvan Lebesque, « L'Etre et l'Avoir », *Le Canard enchaîné*, 13 novembre 1968.

bien nécessaire à une heure où l'on voit tant de puissants et notoires pollueurs se convertir, au moins en paroles, à la protection de la nature et même, à l'occasion, la subventionner.

L'opposition du « plus » et du « mieux » n'est pas nouvelle et on lui découvrirait sans peine une dimension historique si on lui superpose celle que décrivait Gutkind[1] entre les deux types de relations *I-Thou* et *I-It*, le second caractérisant le monde moderne industrialisé, ou celle qui pour Servier[2] sépare civilisations traditionnelle et occidentale : la première admet un *monde-en-moi* et *un moi-dans-le-monde*, la seconde sépare *moi* et *non-moi* (*monde*).

On a dit : « la barbarie c'est s'éloigner de la nature ». Il faudra donc y revenir, et d'autant plus qu'il s'agit d'une double exigence, puisqu'il importe à la fois, par une acceptation réfléchie de l'unité des choses et des êtres, de guérir les maux d'aujourd'hui et de prévenir ceux de demain.

A temps nouveaux morale nouvelle

Quand l'archevêque de Montréal, Mgr Paul Grégoire, écrit[3] : « Le problème de l'environnement passe par le

1. E.A. Gutkind, *Our World from the Air : Conflict and Adaptation* : 1-44, fig. 1-48, *in* : *Man's Role in Changing the Face of the Earth*, Chicago, 1956.
2. J. Servier, *L'Homme et l'Invisible*, R. Laffont, Paris, 1964.
3. *Écologie = Québec*, I, 1, 1971, p. 8.

cœur de l'homme », il rejoint, par une convergence absolument naturelle et significative, le célèbre écologiste américain Paul B. Sears qui avait en 1969[1] le courage d'en convenir : « La protection de nos ressources pour en tirer le plus grand bénéfice, tant actuel que futur, et la santé de l'écosystème dont nous faisons partie, ne dépendra pas seulement de notre nombre, mais de ce que nous savons, croyons, pensons ou éprouvons. Le résultat se verra déterminé par les valeurs qui donnent sa forme à notre culture. »

Le scientisme est en train de rejoindre la vaine religion du « Progrès » dans les vitrines du musée historique. Ce qu'on a appelé déjà la « révolution écologique » — et qui pourrait bien annoncer et préfigurer une ère post-industrielle risquant d'ailleurs de s'ouvrir avant que les chantres officiels de la technique et du « développement » n'aient renoncé à l'orthodoxie régnante — dépasse, et de loin, les problèmes journaliers, techniquement solubles dès que l'on acceptera d'y mettre le prix, des pollutions industrielles. Il s'agit d'une autre dimension que peu d'esprits d'ailleurs acceptent encore de découvrir, il s'agit, comme l'a montré récemment Fournier, de la substitution d'un système de base à un autre, celui de la « vie » à celui de la « raison » : « Bref, il s'agit de passer d'une échelle de valeurs à une autre... On assiste à l'écroulement du système du critère de référence “raison” et à son remplacement par le critère de référence “vie”. La crise écologique c'est bien autre chose que “la pollution”, problème marginal appelant des solu-

1. *The Ohio Journal of Science*, janvier 1969, p. 14.

tions appropriées. La raison ne pouvait constituer, à elle seule, ni un moyen ni un but, c'est-à-dire qu'elle ne pouvait fournir de base matérielle ni spirituelle viable... Le critère "raison" se dévalue, le critère "vie" hérite de la cote[1]. »

On approche peut-être, on approche sans doute ici du cœur de la question qui nous préoccupe. L'adoption du respect de la vie d'une part comme fondement possible d'une morale capable de renouveler les rapports homme-nature, le passage, d'autre part, plus ou moins rapide, mais apparemment inéluctable si du moins la survie du *naked ape* doit être assurée, du centre de gravité « raison » au centre de gravité « vie », ces deux mouvements convergents, encore que jusqu'ici non concertés, seront-ils capables d'entraîner dans le comportement des summoprimates les bouleversements qui s'imposent ? On doit le souhaiter car l'alternative se précise chaque jour : ou « une morale à la mesure de notre puissance » (Robert Hainard) et une révolution éthique à penser, puis à faire triompher, ou l'implacable montée des périls, ou une moralité résolument neuve, ou du moins foncièrement réorientée, et la bataille gagnée de la « révolution contre l'absurde » (J. Madaule, 1971), ou la victoire, et cette fois définitive, de l'inhumain.

« Utopie ! » vont s'écrier les « sages », les réalistes, les partisans de l'ordre établi, d'ailleurs singulièrement illogiques quand ils célèbrent à grands flonflons tous les 14 juillet l'assaut et l'occupation d'une prison nationale,

---

1. *Charlie-Hebdo*, n° 58, 28 décembre 1971, p. 10.

crime qui se verrait aujourd'hui sévèrement puni par la Cour de sûreté de l'État... « Vous êtes des utopistes, des rêveurs, des naïfs, des irresponsables... Et de quoi, au fond, vous mêlez-vous ? » N'ont-ils pas en effet à leur solde une légion de techniciens, d'ingénieurs, de politiciens, de notables de tout poil, prêts à « démontrer » que le pouvoir a raison, a toujours raison, même quand il ose engager l'avenir de l'homme sans oser consulter les principaux intéressés, et même pas le parlement ? *Tertium non datur !*

Donc, nous serons des « utopistes »... Et l'on croira avoir tout dit, et clos le débat. Mais, messieurs, y avez-vous seulement songé ? Cette « utopie », qui vous rassure en rejetant nos espoirs, et nos exigences, dans les fumées d'un vain rêve ne risquant pas de menacer vos profitables opérations, est-elle bien l'irréalisable, ou seulement l'irréalisé ? Ce qui ne sera jamais, ou ce qui — si nous sommes fidèles et résolus — sera tôt ou tard, et préfigure dès aujourd'hui le monde réconcilié, pacifié, enfin humanisé, enfin vraiment « civilisé » de demain, un monde où ministres et diplomates ne mentiront plus, où la police ne sera plus au-dessus des lois, où les casernes, inutiles, se verront transformées en musées, où aucun hymne national ne se terminera plus par un couplet raciste et un appel au meurtre, où les bêtes des mers, des forêts et des champs vivront en paix, où l'arbre fera reculer le béton, où l'argent et le profit ne seront plus la base même de la société.

J'entends le rire des puissants du jour, des « réalistes », comme ils disent, et des habiles, des *Hinterwelter* du vocabulaire nietzschéen, les « hallucinés de l'arrière-monde » :

je l'entends, mais je ne l'écoute pas. Il y a, au seuil de l'ère écologique, mieux à faire, plus urgent, plus efficace. Par exemple accepter désormais, pour tout résumer d'un mot, l'un de ceux qu'avaient criés les murs de mai 1968 : « Soyez réalistes, demandez l'impossible ! »

Quatrième partie

Unité et diversité

CRAS TIBI

Aux déserts du cosmos aventurer la chasse
Sans but et sans gibier qui nous rue au trépas,
Aux ronces des sentiers ensanglanter nos pas,
Aux sables ignorés poser la vaine trace

Offerte à l'implacable vent qui tout efface,
S'élancer au mirage et céder aux appâts
Les plus vils, le clinquant, la chair, l'affreux repas
Où ricanent, gorgés, le fauve et le rapace,

Achopper aux cailloux, buter aux fondrières
En aveugle, à tâtons, aux nuits empérières,
Sans trêve et sans espoir vers un morne horizon

Lentement cheminer... Soleil, sur la prison
Du ténébreux destin de nos inquiétudes
Quand feras-tu lever le feu des certitudes ?

(Cidade de São Tomé, 24 août 1956)

Chapitre 8

L'un et le multiple

Affronté au monde extérieur, l'esprit humain n'a cessé d'osciller entre l'un et le multiple. Teilhard parlait du « grand et unique problème, celui de l'Un et du Multiple ». La connaissance dissèque, démembre, particularise : elle découpe en tranches, de plus en plus minces d'ailleurs, la réalité pour mieux en décrire, puis en expliquer, les éléments et les mécanismes. Elle s'enferme dans un pointillisme d'où s'est retiré le sens du cosmique, la fascination de l'universel, la nostalgie de la totalité, abandonnés aux poètes, aux artistes, aux mystiques.

Bien sûr, en théorie, il avait raison celui qui disait : « Si je connaissais le tout de quelque chose, je connaîtrais le tout de tous », ce qui était reconnaître une interdépendance généralisée des choses et des êtres.

En fait, je ne suis pas tellement convaincu que le passage du dispersé au rassemblé, du partiel au global puisse dépasser pour la science la constatation d'une identité, soit de structure — par exemple composition chimique, soit de fonctionnement — par exemple lois physiques.

L'appréhension de la totalité est bien autre chose. Et les mécaniciens que nous enverrons dans le cosmos n'en acquerront certainement pas pour autant ce sens du cosmique que tant de simples terriens, bien ignorants pourtant des secrets de l'électronique, ont à un si haut degré possédé. Il n'est d'ailleurs pas évident que le niveau du développement mental ou spirituel de nos cosmonautes les prépare dans ce domaine à rejoindre très aisément l'altitude où ont plané tant de mystiques de toutes races, et tant d'esprits ouverts aux souffles du large, ceux d'un Thoreau, d'un Walt Whitman, d'un Richard Jefferies ou d'un Teilhard.

Est-il d'ailleurs si surprenant que l'homme moderne, et singulièrement celui des villes, perde si aisément le contact avec la nature ? Nous sommes des êtres que j'appellerais volontiers « dés-insérés ». Combien y a-t-il autour de nous de personnes capables de désigner sans laborieuse réflexion les points cardinaux ? Alors qu'un Bédouin ne vous dira pas, même dans cette pièce : « Donne-moi la théière qui est à gauche », mais « la théière qui est au nord-ouest ». Voici, autre exemple, nos jardins. Si éclatants soient-ils de couleurs, si riches de feuillages et de floraisons, que signifient-ils ? Signifient-ils seulement encore quelque chose ? Alors que dans le jardin chinois, ou japonais, au symbolisme savant, c'est le cosmos qui vient s'inscrire pour un homme s'ouvrant, par la contemplation, à l'universelle communion.

Il me semble que si le scientifique et le spirituel, l'« En Avant » et l'« En Haut », dirait Teilhard, doivent parvenir à se rejoindre, ce sera à travers une double mais convergente acceptation, celle de l'Unité, celle de la Diversité. Peut-être la première relève-t-elle davantage de l'intuition, et la seconde d'une constatation, mais elles m'apparaissent complémentaires.

Il est nécessaire de savoir, ou de sentir, que le monde est un — quel que soit le substrat philosophique que l'on voudra donner à cette découverte — et l'on nous parle aujourd'hui de « monisme chrétien » —, il ne l'est pas moins de reconnaître, d'accepter, bien plus, d'accueillir avec joie la merveilleuse diversité des êtres et des choses, avec toutes les incidences éthiques que nous découvrirons sans peine à ce postulat.

Au lieu de dissimuler pudiquement les différences qui existent entre les hommes, il faudrait bien plutôt les acclamer comme les authentiques et irremplaçables contributions de chacun au concert planétaire, comme sa richesse propre dont la disparition appauvrirait le patrimoine commun. Imagine-t-on, à supposer qu'il fût possible, un monde vraiment uniforme, où d'un pôle à l'autre des cervelles identiques se nourriraient des mêmes niaiseries dans un même *digest*... et où il serait démontré, scien-ti-fi-quement bien entendu, au moine Tibétain qu'il doit abandonner sa robe jaune et son chapelet pour le blue-jean obligatoire et le chewing-gum des nouveaux ruminants ?

La vérité ou — si l'on refuse le mot — à tout le moins la santé, c'est, je crois, le pluralisme. A tous les niveaux. Nous avons beaucoup trop cru, nous, Occidentaux, que la Méditerranée était le centre du monde, et que la variété des styles de vie et des cultures devait cependant interdire l'emploi du mot « civilisation » au pluriel, comme s'il n'y en avait qu'une, celle qui a droit à un C majuscule, la nôtre.

Il eût bien pu être des nôtres, ce mystique de Mostaganem, le cheikh Benalioua dont Charles Le Cœur nous a rapporté les propos : « Aristote, disait-il, conçoit Dieu comme la Pensée ; la rose l'imagine comme un parfum : tous deux ont raison... Et le Cheikh souriait, car, musulman, il savait que Dieu est un. »

Ibn al-Arabi (1165-1240) le savait, à qui l'on doit l'admirable tercet dont j'ai longtemps porté sur moi le texte arabe recopié de la minuscule écriture de Louis Massignon :

« Mon cœur est capable de toute forme ; c'est un pâturage pour les gazelles et un cloître pour les moines.

« Un temple pour les idoles et la Ka'aba des pèlerins et les tables de la Torah et le livre du Coran.

« L'amour est ma religion et où que se dirigent ses montures, l'amour est ma religion et ma félicité. »

Et Massignon ajoutait, à son inimitable façon : « C'est beau, mais pas assez transcendant à mon gré. »

APPAREILLAGE

La nuit tombe, le flot s'enfle et le vent se lève,
Et le câble se tend et la coque a frémi...
Est-ce l'heure, ô Pilote inconnu, mon ami,
L'heure d'abandonner et le port et la grève,

Pour l'ultime départ? Est-ce la fin du rêve?
Si l'amarre inutile à ton ordre a gémi,
Bons matelots, larguez. A mon ardeur promis
L'espace va s'ouvrir, sans limite, et sans trêve.

Au large, vers la nuit, la tempête, et l'orage,
Demain peut-être, ô mon esquif, vers le naufrage...
Mais je mourrai debout, à la barre, emporté

Par l'Exterminateur sous un ciel sans étoiles,
Chantant à pleine voix, cinglant à pleines voiles
Vers les portails de feu de la Sainte Cité.

(à 3 100 m au-dessus de Cadix,
31 décembre 1939)

Chapitre 9

Eloge de la diversité

A l'heure où dans tant de domaines s'installe le règne de la monotonie et de l'uniformité, peut-être apparaîtra-t-il salutaire de méditer un instant sur les vertus de la diversité. L'union n'est pas l'uniformité : il serait sans doute grand temps de le reconnaître, et d'agir en conséquence. Le père Teilhard le savait bien qui affirmait que pour s'unir, il fallait se sentir différents, ajoutant que « l'union différencie »...

La symphonie n'est-elle pas faite de la variété des instruments, comme l'harmonie du tableau des polychromies de la palette ? La beauté et la richesse d'un ensemble ne reposent-ils pas sur une juxtaposition, sur une mise en commun d'objets discrets, séparés mais rapprochés dans un même concert et jouant « à l'unisson » ?

L'extrême variété des biens de consommation de la société industrielle ne doit pas faire illusion : il y a des voitures de plusieurs couleurs (celles-ci en très petit nombre d'ailleurs), mais ce qui compte c'est « la voiture » ; de même, les affiches de la Régie peuvent être aussi différentes qu'elles voudront, elles n'en auront pas moins un dénominateur commun, le tabac, cancérigène d'État.

Mais, dans la nature, la diversité c'est la vie, et la santé d'un écosystème se mesure à la multiplicité de ses composants comme à la richesse des liaisons internes unissant ces derniers. Que l'on songe à la vie d'un récif corallien, grouillant des animaux les plus divers, liés à de multiples niches écologiques, juxtaposées peut-être mais distinctes, que l'on évoque la forêt dense équatoriale où s'empilent sur 50 mètres d'épaisseur toute une série de mondes superposés, des grouillements obscurs et humides de la litière aux floraisons ensoleillées des cimes, ou que l'on considère simplement l'explosion de la vie printanière sous le climat méditerranéen, la même constatation s'impose.

Alors, si l'on veut vraiment (c'est-à-dire au risque d'entrer en conflit avec la religion du profit et les puissances d'argent) sauver ce qui peut encore l'être des prodigieuses polychromies de la nature, ne devrait-on pas s'orienter avec conviction, et au besoin avec courage, vers le respect de la variété et, corrélativement, vers la lutte contre les envahissements sans cesse plus étendus, et plus graves, de la monotonie, de la « banalisation », où qu'elles se manifestent ? Partout reculent la richesse des flores locales devant la marche conquérante des espèces rudérales ou anthropophiles, celle des routes, des terrains vagues, des gravats, des cultures, des plantations.

Un biologiste ne s'y trompe pas : de la grande forêt équatoriale humide au désert, on voit décroître, implacablement, le nombre des formes vivantes : 11 000 espèces de plantes au Zaïre, 4 700 en Côte-d'Ivoire, 1 100 en Mauritanie. Mais j'en ai compté moins de 10 dans la Majabat al-Koubra pour 250 000 km^2, la moitié de la France. Que l'on songe aussi à la prodigieuse richesse animale des récifs coralliens, à l'étonnante diversité de formes, de couleurs, de comportements de leurs poissons : un seul récif peut en abriter plusieurs centaines d'espèces différentes.

On notera cependant, bien entendu, que les milieux où la diversité spécifique demeure faible peuvent, grâce au nombre prodigieux des individus, constituer des volumes de matière organique tout à fait considérables ; des paysages aussi monotones que la mangrove de la taïga sont évidemment dans ce cas. Variété et quantité restent donc des concepts fondamentalement différents. Ceux qui auront vu les crabes violonistes se déplacer par millions, à marée basse, sur leurs vasières comprendront ce que je veux dire.

Il faut l'avouer, nous sommes mal préparés à savoir servir la nature, à lui obéir au lieu de la saccager, et l'anthropomorphisme triomphaliste et orgueilleux des grands monothéismes ne nous a jamais appris à respecter, à interroger, à écouter, à comprendre, à aimer la nature, mais bien plutôt à la dominer, à l'exploiter, au besoin à la mettre au pillage, attitude mentale si fortement enracinée qu'il nous est très difficile de lui échapper.

A l'intérieur de la biosphère, et à tous les niveaux, l'unité vivante et fonctionnelle n'implique nullement l'identité des composants, bien au contraire. Et l'on connaît la formule teilhardienne sur l'union qui « différencie » puisque pour pouvoir s'unir, il faut d'abord se savoir et même se vouloir différents.

Quand le grand éducateur noir William Aggrey fondait au futur Ghana le collège d'Achimota, ne lui donnait-il pas pour blason une série alternée de touches noires et blanches, les unes autant que les autres nécessaires ? Et Léon Letellier écrivait en 1908 : « Quand je me vois devant un nègre, devant un jaune, je me fais l'effet d'un violoniste en face d'un pianiste ou d'un flûtiste : quoique nous ne rendions pas les mêmes sons il y a en nous tous de la musique... »

On le voit donc, si la diversité biologique fait la richesse, la force et la santé des écosystèmes, la même loi va s'appliquer, tout naturellement, au monde humain puisque la symphonie planétaire ne peut être faite que de la somme de différences qui ne sont en fait que des complémentarités : supprimez un instrument de l'orchestre, et c'est l'harmonie qui s'écroule, enlevez une couleur au peintre et voici son art mutilé.

Grande leçon si l'on songe à ce qu'elle devrait impliquer à la fois dans le domaine de la pensée et dans celui de l'action. Pour qui a découvert le haut enseignement d'un pluralisme convaincu et généreux, le temps de l'orgueil s'achève : il n'y a plus La Civilisation (et qui se trouve être, comme par hasard, avec son C majuscule, la nôtre, torture, napalm et bombe atomique compris), mais des civilisations, des styles de vie, des modes divers de sentir, de penser et de prier.

Sachant refuser l'éclairage monochromatique que manuels et système social occidentaux s'efforcent trop souvent de nous contraindre à adopter dans notre regard sur le monde, nous découvrirons dès lors ce dernier avec émerveillement et gratitude à travers les sept couleurs du prisme.

Mais sans les mélanger : rien de plus éloigné d'un pluralisme réfléchi que les abandons de l'indifférence ou les confusions du syncrétisme. Serions-nous donc chargés, oubliant que « l'Esprit souffle où il veut » — et même parfois où nous souhaiterions tant qu'il ne soufflât point —, de distribuer le blâme et la louange, de juger, de condamner ou d'absoudre ?

Qui oserait affirmer que deux couleurs, deux notes, deux groupes humains soient « identiques » ? au lieu de dissimuler pudiquement les différences qui existent entre les hommes, il faudrait bien plutôt les acclamer comme les authentiques et irremplaçables contributions de chacun au concert planétaire, comme sa richesse propre dont la disparition appauvrirait le patrimoine commun.

Que les sociétés humaines soient aujourd'hui soumises à un gigantesque effort d'uniformisation à outrance (mais pas d'union, certes), c'est l'évidence. La civilisation industrielle, mécanique et productiviste, fondée sur la puissance matérielle et l'argent, se prétend La Civilisation et s'arroge le droit de juger de la santé d'un pays au seul chiffre de son produit national brut, qui n'est pourtant qu'une somme arithmétique des activités, sans défalcation des nuisances.

Du bonheur national brut qui, lui, intéresse directement les hommes, il n'est bien entendu jamais question : tant pis pour la qualité des rapports humains, tant pis pour les virtualités propres des ethnies ou des régions, tant pis aussi pour la nature, toujours plus allègrement saccagée au nom de dogmes impies, celui de l'efficacité technique (faire une chose pour la simple raison qu'on peut la faire) ou celui du profit (faire les choses parce qu'elles rapportent).

Le pouvoir, qu'il s'agisse du capitalisme dit « libéral » ou du capitalisme d'État, jouera, lui aussi, la carte de l'uniformité. C'est tellement plus commode, tellement plus simple : tous pareils, tous dociles, tous pris dans les mailles d'un même filet.

René Bureau n'avait pas tort quand il opposait récemment la civilisation, domaine de l'avoir et de la quantité, qui exige l'ordre et implique la contrainte, et la culture, domaine de l'être, ouverte à la qualité des rapports humains et à une libre créativité : la première est uniformisante, la seconde est diversifiante.

On devinera sans peine ce que ces propos peuvent avoir de directement applicable à des situations concrètes en France même. Des mouvements comme celui de l'Action écologique européenne (Ecoropa) animé par Kressmann, le Projet Espérance de Garaudy, l'action des Amis de la Terre pour des « communes écologiques », le groupement (et la revue) Autogestion et socialisme, cités parmi cent autres, se découvrent en pleine convergence quand ils luttent pour un accroissement significatif du rôle de la base, pour une régionalisation véritable, pour le respect des différences et celui, d'abord, des diversités linguistiques.

Mais si, dans un État aussi centralisé que le nôtre, les problèmes breton, basque, occitan, corse ou alsacien attendent des solutions intelligentes, humaines et courageuses, c'est à l'échelle de la planète que la question uniformité ou union se pose chaque jour plus directement. Car si les brutalités de nos économies de proie devaient continuer à s'étendre et à menacer l'ensemble du monde, quel appauvrissement du tissu culturel, quelle perte de chaleur humaine, quelle grisaille, quelle monotonie, quel sinistre ennui !

Partout sur la terre, des États, nés des hasards de la décolonisation, à l'abri de frontières souvent absurdes, se montrent plus soucieux de hâter la fabrication de citoyens sagement coulés au même moule que de respecter les autonomies culturelles ; ceux d'entre eux qui comptent des pasteurs nomades, par exemple, font bien voir parfois qu'ils ne portent qu'une affection modérée à des hommes libres.

On a fait remarquer qu'au lieu de parler de pays « sous-développés », il serait plus juste de dire « autrement développés », car, en fait, « sous-développés » par rapport à qui ou à quoi ? A l'*american way of life* ? A la civilisation de la bombe et du plutonium ?

Nous avons une tendance perpétuelle à la rédaction de palmarès. Il nous faut sans cesse classer, hiérarchiser, depuis le haut et le bas, en fait infliger à une réalité, toujours complexe, les décisions de notre propre sentiment. Quand nous parlons de la « civilisation », il se trouve, comme par hasard, qu'il s'agira de la nôtre, alors qu'en fait il en a existé, et il en existe encore, de fort différentes les unes des autres.

Dans le même ordre d'idées, en décrivant la prodigieuse diversité de groupes animaux, à travers le flux évolutif, je préfère parler de groupes différents plutôt que de groupes inférieurs, ce qui ne signifie nullement, bien entendu, que l'évolution biologique ne soit pas nécessairement jalonnée d'une série de stades ayant atteint des niveaux de complexité organique fort divers. Le groupe des éponges constitue, par exemple, un ensemble demeuré à un stade extrême de simplicité organique ; sans posséder de système nerveux individualisé, elles n'en possèdent pas moins les fonctions essentielles d'un être vivant. Elles savent se nourrir et se reproduire, tout en étant parvenues à occuper, tant dans les eaux marines que dans les eaux douces, une étonnante diversité d'habitat. Tout cela reste, bien entendu, prodigieusement éloigné des vertébrés, tout autant que des arthropodes ou des mollusques, mais à quel titre pourrions-nous cependant les qualifier d'« inférieures » ?

On doit souhaiter, si du moins l'on croit encore à la possibilité pour le primate technomane de renoncer un jour à la barbarie et à la guerre, que les pays « autrement développés » sachent le demeurer, pour le plus grand bien de l'espèce dans sa totalité. Mais le sauront-ils, et le voudront-ils ? On peut, hélas ! aujourd'hui tout craindre...

Si notre culture propre s'est engagée dans la voie du progrès matériel et de la religion du profit, regardons au moins avec sympathie et respect ceux qui ont choisi la participation à un Univers organisé, la réintégration de l'humain dans le cosmique, le reflet au niveau de la vie des lois du monde invisible, ceux pour lesquels le temps est un rythme né de la danse du dieu créant le monde, et la destinée une sérieuse, souvent une héroïque aventure.

COUCHER DE SOLEIL

L'inexorable Temps au vent du soir emporte,
En ouragan déjà soufflant sur monts et vaux,
Et nos vieilles amours et nos pensers nouveaux,
Avec la jeune fleur la feuille déjà morte,

Le sang trop généreux et la sève trop forte,
Pêle-mêle promis aux glaces des caveaux,
Avec tant de labeur, d'espoirs et de travaux !
Allons... assez traîné... Dehors !... Il faut qu'on sorte !...

Puisqu'il faut bientôt et sans sursis l'on meure,
Puisque la Nuit descend et puisque le Sommeil
Sur nos chants se referme, et puisque la demeure

De nos terrestres corps en poudre va se fondre,
Saurons-nous disparaître, au moins, face au soleil ?
Va-t-il, cet œil sanglant, à nos tombes répondre ?

(Dar es-Salam, 7 février 1963)

Chapitre 10

L'Afrique à travers un prisme[1]

1. Ce texte est originellement paru dans *AOF, Albums de l'Afrique occidentale française*, n° 3, décembre 1951.

— Continent noir, continent noir..., poursuivit l'abbé Taillevent, moi je n'aime pas trop l'expression. D'abord, elle n'est pas plus noire que ça, notre Afrique... Vous y avez vu du noir quelque part, vous, par exemple, monsieur Chinchard, qui avez bourlingué des clairs sablons de l'Erg Chech, là-haut vers Taoudeni, jusqu'aux sombres forêts de la basse côte ?

— Du noir, du vrai noir ? Attendez... voyons... eh bien, en effet, pas tant que ça, quelques éclats d'obsidienne, au Tibesti, quelques silex en Mauritanie, quelques graines, le péritoine de certains poissons, des scarabées, quelques oiseaux... et c'est, ma foi, à peu près tout...

La petite Mme Vergadin crut devoir intervenir et nous faire bénéficier d'une preuve nouvelle de sa coutumière sagacité :

— Et les nègres, alors ? Est-ce que leur nom même... ?

— Mais, chère madame, reprit l'abbé, ne jouons pas sur les mots : songez à ce que représentent dans le langage du peintre le noir et le blanc, et dites sincèrement si vous avez jamais rencontré des Blancs qui soient vraiment blancs et des Noirs qui soient vraiment noirs ? Prenez n'importe quelle échelle de couleurs, le catalogue des peintures Ripolin ou la carte des cotons DMC et dites si la partie la plus noire du plus noir des Noirs approche seulement du « noir d'ivoire » des dictionnaires ? Et puis, pour en revenir à « continent noir », je trouve à ce mot un je ne sais quoi de péjoratif : une âme noire ne passe pas pour bien recommandable, et le continent de même couleur risque de se voir, fût-ce inconsciemment, un tantinet éclaboussé par un tel symbolisme.

« Et puis, pourquoi le nôtre serait-il le seul continent à état civil chromatique : y a-t-il des continents puce, caca d'oie ou fraise écrasée ?

« Et ne sont-ils pas, en fait, tous également panachés, tous polychromes, tous équitablement barbouillés, tous docilement soumis au multicolore caprice du plus impartial des artistes, le grand ami des diversités juxtaposées, le “ Père Mosaïque ” ?...

— Comme la loi du même nom ? demanda Mme Vergadin, qui avait des lettres.

— Mais non, mais non, rien de commun, simple homonymie, accidentelle coïncidence, répondit M. Chinchard, qui ajouta entre ses dents : un écolier, de mon temps, savait ça... Cette Afrique, à la fois si variée et si monotone — parce qu'elle est vaste et travaille à grande échelle —, l'a-t-on assez regardée, assez respirée, sentie, écoutée, touchée ? Ah ! il y en a pour les cinq sens, sans compter les autres, qu'ignore encore la physiologie ; mais qui le sait, qui s'en va, à travers ces paysages démesurés, l'œil bien ouvert, l'oreille aux aguets, la narine frémissante, la main prête à caresser le poli d'une graine, le velouté d'une feuille, le nacre d'un coquillage, la luisante écaillure du serpent, la courbe parfaite de cet os ramassé sur la plage ? Qui sait encore admirer, s'étonner, rendre grâces, en un mot : vivre ?

« Ce n'est peut-être pas si facile, après tout, dans un monde qui renie les joies de la contemplation et le sacrement du silence et qui veut, d'abord, le bruit, la vitesse, les quotidiennes excitations de l'artifice, et les promesses — bien fugaces — du poison sous toutes ses formes, liquides ou non... Savez-vous, monsieur l'abbé, poursuivit M. Chinchard, ce que ferait en Afrique un gouvernement réellement soucieux de ce que les discours officiels appellent le “ bien-être-matériel-et-moral ” des populations ? Il interdirait les importations d'alcool, qui sont en train d'augmenter à une allure lucrative, mais criminelle, et il distribuerait gratuitement, avec le mode d'emploi, des graines de plantes à fleurs. La vraie civilisation est celle qui a fait son choix entre l'alcool et le froment — ou le mil —, entre le poison et l'aliment, celui des corps, celui, aussi, des âmes. Et qui, par conséquent, trouve dans la fleur, sauvage ou cultivée, le symbole même de sa dévotion pour “ le pain vivant et l'eau vive ” de la beauté.

— Je vous interromps, dit l'abbé, pour vous signaler un détail curieux. N'oubliez pas, dans les futurs envois de graines que ne manquera pas, je le souhaite, de préparer une administration convertie à la religion de la beauté, la rose trémière, car le mot même n'est autre, passablement déformé il est vrai, que rose « d'outre-mer ». Et puisqu'il manque un adjectif en français à « outre-mer », « ultramarin » étant impossible, pourquoi ne pas adopter « trémier, trémière » ?

— Alors, le ministère de la France Trémière ?

— Pourquoi pas ? Mais soyons sérieux... — Merci, madame, oui, encore un peu, ces jus de fruits sont excellents — et revenons à nos couleurs. Que de teintes sur cette Afrique, quelle palette ! J'avais un collègue, le père T. Achème, un drôle d'homme à certains égards, qui mariait fort bien le ciel et la terre, et dans la poche duquel fraternisaient paisiblement le chapelet et la loupe (il était un peu botaniste, voire géologue à ses heures). Eh bien, ce vieux père Achème, il parlait si souvent de palette, de prisme et de symphonie que j'ai fini par lui demander ce qu'il voulait dire. Et que pensez-vous qu'il fit, ce diable d'homme ? Il prit son air le plus renfrogné, ce qui n'est pas peu dire, et me pria de lui... « laisser » la paix... Mais le lendemain il m'envoyait, avec « urgent » sur l'enveloppe, une ample et charmante réponse à ma question... Que voulez-vous ? Il était comme ça... Il vous intéresse, son papier ?

— Bien sûr, dit M. Chinchard, et je suis certain que Mme Vergadin est de mon avis, n'est-ce pas ?

L'abbé tira de son bréviaire une feuille double pliée en quatre, ajusta ses lunettes et nous lut ce qui suit :

« L'heure de la prière de *l'âçer* pour nos frères musulmans, pour moi, celle des vêpres. La tornade qui vient de déferler sur la plaine s'éloigne vers l'Ouest, laissant là-bas, traînant sur la verte immensité des herbiers coupés de miroirs d'eaux, de paresseuses et brumeuses draperies ; il pleut encore un peu au loin, le *doubalé* planté dans la courette de mon ermitage-belvédère égoutte son feuillage lavé ; surchauffé, le sol rouge fume et voici déjà les petites boules de velours pourpre des *Trombidium* et l'envol des termites ailés ; vers l'Orient un arc-en-ciel dresse sur l'océan des savanes son plein cintre vaporeux...

« Violet, indigo, bleu, vert, jaune, orangé, rouge... c'est à travers la litanie des couleurs du spectre que je regarde, à mes pieds, l'Afrique, mon Afrique, et les autres aussi, jusqu'aux marais du Haut-Nil, aux glaciers du Kilimandjaro, aux Grands Lacs, aux forêts denses congolaises, aux steppes du Karoo ; aux récifs madréporiques de la mer Rouge, aux dunes blanches et aux falaises noires du Sahara.

« Et ce soir, comme chaque jour, perdu sur mon rocher, et quand seuls un filet de fumée bleue et le rythme sourd des pilons montent jusqu'à moi me rappeler les autres hommes, ce soir encore j'égrène les perles de mon rosaire chromatique.

« Violet... La coquille fragile et légère des janthines bercées par la houle atlantique et l'épiscopale sécrétion du lièvre de mer... La corolle mauve pâle, grasse, charnue et comme en cire de la pomme de Sodome et l'explosive floraison des crucifères sahariennes, ce fugace "manteau de gaze lilacine" jeté par le caprice des averses sur les sombres pierrailles du désert... Et puis, bien sûr, les ornements liturgiques du plus mystérieux, du plus doux, du plus poignant

LA RECHERCHE
SUJETS ET PRINCIPES

1. Ne dites pas : « Je ne puis rien faire. » On peut toujours faire **quelque chose.**
2. Ne dites pas : « Je ne sais rien faire. » On peut toujours apprendre à faire **quelque chose**.
3. Ne vous occupez pas de trente-six choses la fois. Ne ramassez pas, pêle-mêle, coquillages, graminées et papillons, n'accueillez pas le « tout-venant » : « peu » mais sûr vaut mieux qu'un « beaucoup » incertain.
4. Avant de vous occuper d'une question, renseignez-vous sur ce qui a déjà été fait à ce sujet : 99 fois sur 100, vous constaterez que ce que vous alliez « découvrir » a déjà été étudié dans l'Ouganda, au Transvaal, aux Indes, ou aux Antilles.
5. Rien n'est négligeable, ni le moindre objet (la graine de tel arbre, ou tel fossile, ou cette pierre taillée), ni le moindre fait (la température de cette source, la date d'arrivée de cet oiseau ou le nombre de ses œufs, l'action de tel orage ou de telle sécheresse sur telle plante, l'association de tel insecte avec telle fleur). **Tout est intéressant, tout est utile.**
6. Mais à condition d'être exact, correctement observé, vrai, et ce n'est pas si simple : nous savons si peu, et si mal, **regarder...**
7. Le plus bel échantillon de plante, d'animal, de roche, d'objet ethnographique perd tout son intérêt s'il n'est accompagné d'une étiquette : date et lieu de récolte, au strict minimum ; si possible, nom indigène (en quelle langue ?), population d'origine (pour les objets), emploi, etc.

Th. Monod
Conseils aux chercheurs
Institut français d'Afrique noire, 3e éd., 1943.

des temps sacrés, l'Avent : l'attente des âmes et des cœurs existe en Afrique aussi : Seigneur, qui viendra la rassasier ?

« Indigo... Ah ! que celle-ci est donc ici bien chez elle ! Est-il, avec l'ocre des sols, teinte plus largement africaine ? Bleu indigo et rouge latérite : les deux couleurs "nationales" du continent. Mais si les terres ferrugineuses sont peintes par la nature, tout dans l'indigo — qui est, au départ, une herbe verte — est humain, voulu, choisi, apprêté et né d'une savante encore qu'empirique chimie. Le teinturier et ses cuves malodorantes est ici aussi nécessaire qu'ailleurs le coiffeur ou le cordonnier : c'est lui qui va faire du vêtement de coton blanc un objet si caractéristique de l'Afrique et de ses confins sahariens que la Mauritanie demeure pour le Maroc le pays des "hommes bleus". Et il n'est pas jusqu'aux lèvres des femmes élégantes où n'aille se fixer, par le tatouage, le grain d'indigo. La nature ne l'imite guère, ou le fait sans songer au pauvre teinturier tenté de retrouver sur la mer les couleurs familières de ses bains et qui constate, déçu, qu'on peut tremper dans un liquide "bon teint" et l'en retirer incolore une pièce blanche : encore un coup des jenouns, naturellement...

« Bleu... "L'azur des cieux et l'océan céruléen" ? Oui, bien sûr, mais pas spécialement africains. Et puis, entre nous, un peu trop "utilisés"... Trouvons mieux. Ça doit exister. Ça existe. Et je cite, presque au hasard, le bleu pâle de certaines perles anciennes, le bleu vif des bracelets de verre et des fleurs, celui du *Clitoria*, outremer, mais qui trouve moyen de se mettre à l'envers, pour "embêter" les sages crotalaires, évidemment, et le somptueux panicule des *Brillantaisia* et le petit *Commelina* des chemins et des champs, encore un farceur, qui arbore une jolie corolle — stérile — au soleil et fait ses petits sous terre à l'obscurité. Et des oiseaux : touracos, rolliers, halcyons, cent autres ; et des poissons : qui n'a vu, dans les flaques, à marée basse, taches de saphir, ces amours de petits pomacentridés, rapides et insaisissables joyaux ?

« Vert... D'abord la chlorophylle, évidemment, la substance même de la vie végétale et, à travers celle-ci, de l'autre... les plantes, de l'algue unicellulaire au baobab (quand il a ses feuilles) et toutes les formations, de la pauvre fruticée désertique aux opulences, aux démesures, aux gigantismes de la forêt dense. Et les bêtes, l'émail smaragdin de la cétoine, les dents du poisson-perroquet, les os même de l'aiguillette. Et les cailloux, comme cette belle amazonite vert malachite, dont les hommes ou plus vraisemblablement les femmes de la fin de la préhistoire ont si souvent confectionné des ornements.

« Jaune... Éclat des métaux : l'or, le vieil or d'Afrique, le mystérieux or d'Afrique que la légende faisait pousser comme un légume et qui s'échangeait “à la muette”, des siècles durant, entre Sahariens et Soudanais, contre le sel du désert, parfois à poids égal... puis le cuivre et le laiton, les bronzes... les jaunes serpentines au cou des Tédas et le soufre de leurs volcans. De quelle couleur sont les dunes ? Jaunes ? Non, roses, ocre très pâle, blanches..., “blondes” pourrait souvent convenir, dommage que *flavus* n'ait pas donné “flave”, c'eût été le cas où jamais de l'utiliser. Aucune hésitation pour les animaux et les fleurs, parés des jaunes les plus indiscrets, les plus visiblement publicitaires : un oiseau mi-partie noir et jaune passera aussi difficilement inaperçu que l'opulente floraison des *Cassia*, que les corolles des *Cochlospermum* semant de constellations brillantes les sols calcinés et noircis de la saison sèche ; plus discrets, les chatons globuleux des mimosas désertiques ne se découvriront que de près : c'est leur délicieux parfum qui souvent, porté sur la brise, de loin les révèle.

« Orangé... Beaucoup d'orangé en Afrique, sauf les oranges, qui sont vertes, comme il y avait beaucoup de jaune citron, sauf les citrons, qui le sont aussi. Les vieilles dunes, patinées, usées, fardées d'oxyde de fer, peuvent être orangées, comme les cires d'abeille au creux de leurs ruches arboricoles, comme la bouche — je précise : l'intérieur de la bouche — du diagramme (c'est un poisson), les taches du mylabre (c'est un insecte) ou celles de l'agame (c'est un lézard), et le vitellus de tous les œufs malgré le langage courant qui le qualifie de “jaune” ; fleurs, mais tirant un peu sur le vermillon, comme celles du kapokier ou du tulipier du Gabon ; fruits, comme la mangue, la papaye, la pomme-cajou, celui du *Cordyla*, avec cent autres, sauvages, de l'anone au rônier : à croire que l'orange est une couleur de prédilection pour les fruits. Jusqu'à des céréales qui s'enhardissent à l'adopter : le maïs.

« Rouge... Beaucoup de rouge... L'Afrique n'est-elle pas, par excellence, avec tout le fer de ses latérites, le continent rouge ? Aussi ne sera-ce pas par hasard que les publications de l'Institut français d'Afrique noire feront, sur leur couverture, de l'“homochromie régionale”. Chez les bêtes, des madrépores, des étoiles de mer, des oiseaux violemment rubriqués, mange-mil, pies-grièches ou franciscains, et, moins poétique mais aussi truculent, le derrière du singe. Des fleurs, la tête de cinabre de l'*Haemanthus* le bien nommé, le brasier des flamboyants, les pétales ondulés des lis grimpants, les élytres pourpres de l'érythrine, et les allumettes chimiques — à bout jaune clair — des guis africains, et le velours incarnat des fruits de *Cnestis*, et les perles éclatantes, à œil noir, des graines d'*Abrus*, qui ont fourni comme aux Indes une unité de poids pour la poudre d'or, et bien d'autres...

« Et la rouge fleur jaillissant du feu des chameliers au fond de la nuit saharienne.

« Et le rouge sang des êtres, de tous les êtres fraternellement rapprochés par cette commune couleur de leur sève vitale, par cette identique marée battant dans leurs artères, tous, le requin chagriné — au sens littéral —, le poisson-scie, l'ange de mer, et le maquereau, et le “docteur”, et le “mussolini”, et la vieille et le saint-pierre, et le fouille-“machin” lui aussi, bien sûr, et les crapauds, grenouilles et compagnie, les pythons, vipères, najas et autres “trop longs”, les margouillats et les varans que l'ignorant s'obstine à baptiser “iguanes”, les crocodiles, les tortues, tous les “à plumes” — du soui-manga à l'autruche —, tous les “à poils”, de la gerbille à l'éléphant, et mon grand-oncle (il faut être un instituteur darwiniste modèle 1900 pour dire “mon grand-papa”), le chimpanzé... Pauvre grand-oncle, comme il a l'air triste !

« Avec la septième couleur — chiffre sacré cher au symboliste — s'achève ma quotidienne litanie, ce psaume d'amour et d'action de grâces qui chaque jour me fait, un instant du moins, le fraternel compagnon des pierres, des plantes, des bêtes et des hommes et me rend, à travers le voile des orgueils enfin déchiré des bipèdes, la sainte communion des êtres et des choses.

« La nuit, maintenant, est descendue sur la terre. L'Afrique a refermé dans l'ombre son polychrome éventail. Elle entre dans la paix du sommeil. Seigneur, bénissez, dans tous les villages de cette Afrique, ces hommes qui dorment, mais aussi le poussin de l'aigrette, le faon de la gazelle, et l'arbre qui souffre au fond de vos déserts, et le beau mil qui, silencieux mais obstiné, murît son bon grain. »

— Et voilà... Le papier finit là, dit l'abbé Taillevent, et qu'en pensez-vous ?

— Moi, gazouilla la petite Mme Vergadin, j'ai trouvé ça gentil... Et ce qu'il cause bien, le père T. Achème !...

— Moi, dit M. Chinchard, qui n'aime pas les paroles inutiles, moi, je n'ai pas trouvé ça « gentil » du tout : c'est bien autre chose. Mais, en tous les cas, je sais désormais à quoi je penserai, le soir, en brousse, à la tombée du jour... Sacré père Achème, c'est qu'il est capable de me faire réfléchir, l'animal... Si l'on avait dit à Népomucène Chinchard, agent auxiliaire des Services pétricoles de classe exceptionnelle après cinq ans, qu'il découvrirait un jour un sens au mot « méditation »...

— Et pourquoi pas ? conclut l'abbé. Ami Chinchard, vous serez le premier compagnon laïc de la Confrérie de l'arc-en-ciel. A quand la douzaine ? »

Cinquième partie

Nature vivante et foi chrétienne

LES « PORCHES DE HIERUSALEM »

Sous le déchaînement de l'orage et la foudre,
Au gouffre abandonner la nef, flottant cercueil,
Lâcher la barre, accepter le naufrage, au seuil
De la Nuit s'avancer à tâtons, laisser moudre

Aux meules du Destin son cœur, voir se résoudre
En liquide néant les donjons de l'orgueil,
Au jardin des amours acclimater le deuil,
Offrir son corps aux vers et ses os à la poudre,

D'un sanglant univers écouter les funèbres
Et cyniques chansons, aux murs de la prison
Regarder chaque soir s'épaissir les ténèbres...

Soit, mais, debout, je guetterai sur l'horizon
Le mystique reflet des clartés d'outre-tombe :
« Sainte Sion, où tout est stable, et rien ne tombe... »

(8 août 1951)

Chapitre 11

L'animal objet, compagnon ou frère ?[1]

1. Texte originellement paru dans *Evangile et Liberté*, avril 1984.

Nul ne l'ignore, la théologie chrétienne n'a jamais encore accepté de prendre en compte le problème de la souffrance animale. La bête demeurera donc avant tout un objet, qu'il serait mal venu et, à la limite, inconvenant de vouloir associer à une économie du salut et de la rédemption, réservée par définition à un soi-disant « roi ».

On doit le reconnaître, ce sera pour beaucoup une surprise d'entendre Michel Damien[1] déclarer que « les animaux appartiennent, à leur rang propre, au corps mystique du Christ : ils sont dans le Christ et le Christ en eux » et même que « le Christ est mort aussi pour les chiens ». Et par conséquent pour tous les êtres mutilés, torturés ou massacrés, taureaux dans l'arène, cerfs épuisés, achevés au couteau, renards pris au piège, blaireaux asphyxiés et déterrés, canards sauvages, palombes, alouettes, grives et bécasses fusillés sans pitié par de lourdes brutes.

---

1. *L'Animal, l'Homme et Dieu*, éd. du Cerf, 1978.

L'historien-philosophe John Passmore l'a bien vu qui reconnaissait[1] que « le christianisme se verrait entièrement transformé s'il fallait admettre que chats et chiens seraient autant les " fils de Dieu " que les êtres humains et appelés de la même façon à chercher un salut ».

Cette association du monde vivant tout entier au plan de la rédemption n'est pas familière à la pensée chrétienne traditionnelle ? Sans doute, mais ne s'agirait-il, justement, d'un de ces problèmes jusqu'ici ignorés, ou négligés, mais auquel les théologiens devraient enfin commencer à songer ?

L'exposé qui suit, si sommaire et incomplet soit-il, n'a d'autre ambition que de planter quelques jalons, d'amorcer un itinéraire et de fournir à ceux que révolte la cruauté humaine les premiers éléments d'une réflexion à engager et, on veut l'espérer, à poursuivre.

Les faits : l'animal en pays « chrétien »

Bien sûr c'est sur toute la surface de la planète que s'exerce la cruauté humaine à l'égard des bêtes, avec tout au plus quelques atténuations régionales (hindouisme, jaïnisme, bouddhisme), mais mon propre n'est ici que de rappeler sommairement quelques-unes des misères de l'animal

1. *Man's Responsability for Nature*, Duckworth, Londres, 1974.

en terre « chrétienne », 2000 ans après la proclamation des Béatitudes. On pourrait allonger sans fin cet affreux et honteux catalogue : les exemples cités suffiront à révéler l'étendue du mal et de notre culpabilité. Il faut les connaître, et les garder en mémoire avant d'évoquer les données philosophiques et religieuses qui sous-tendent encore notre inhumain comportement.

La chasse

Pour des raisons diverses mais également obvies, ni le lion, ni l'Eskimo, ni le bushman ne peuvent échapper à la nécessité de tuer pour subsister. L'homme préhistorique ne pouvait être qu'un chasseur-ramasseur, à la recherche, chaque jour, pour survivre, de tout ce que le milieu pouvait lui offrir de comestible, racines, fruits, chenilles, grenouilles, lézards, œufs et nichées, cadavres d'animaux par la mer ou le fleuve, etc. Les Australiens traditionnels font encore de même : *primum vivere.*

Mais pour les sociétés dites « civilisées », ou tout au moins industrialisées, où la nourriture s'achète dans les boutiques et où l'ours des cavernes se voit remplacé par un fauve plus féroce et plus meurtrier, la voiture, la chasse est devenue un passe-temps, un divertissement, un jeu : on continue, hélas ! à tuer, et avec des armes de plus en plus efficaces, mais désormais par simple plaisir, pour s'amuser...

Les chasseurs, qui tiennent à justifier une activité qui demeure moralement injustifiable, viendront prétendre que ce qui compte pour eux, c'est la promenade, le grand air, le contact avec la nature, etc. : mais alors pourquoi ne pas emporter une canne plutôt qu'une pétoire ? On a même entendu, tombé de lèvres aristocratiques, cet étrange propos : on tue, sans doute, mais par miséricorde, pour épargner à ces pauvres bêtes les misères de la vieillesse ! D'ailleurs, le mot « tuer » est bien vilain : aussi l'un des plus actifs défenseurs de la chasse pouvait affirmer sans rire : « Le chasseur ne tue pas, il tire... » On souhaiterait connaître ici l'opinion du lièvre, de la tourterelle ou de l'alouette...

Parmi les scandales liés à la chasse, rappelons, à titre d'exemple entre beaucoup d'autres : le nombre des animaux blessés, mutilés, promis souvent à une longue et douloureuse agonie — les oiseaux poursuivis et tués — pardon : « tirés » — quand ils ont encore des couvées à nourrir — les tolérances généreusement accordées par un Pouvoir s'avouant incapable de faire appliquer la loi à des pratiques illégales : tenderies, filets, pylônes, gluaux, etc. — l'emploi d'instruments de torture comme le piège à mâchoire dont l'interdiction théoriquement décidée demeure indéfiniment retardée, le déterrage, l'emploi de gaz et de poisons, la chasse à l'appelant vivant, les grenouilles coupées en deux, vivantes, avec des ciseaux, etc. L'on pourrait, hélas ! poursuivre longtemps cette douloureuse énumération.

La chasse à courre, à laquelle un sondage de 1981 révélait l'opposition de 80 % des personnes interrogées, mérite une mention spéciale. Si les veneurs tiennent vraiment à leurs anachroniques mascarades, à leurs trompes, à l'ésotérisme de leur vocabulaire, que ne vont-ils caracoler paisiblement à travers les bois sans s'acharner à martyriser un bel animal sauvage plus noble et plus innocent que ses persécuteurs ? Qu'attend-on pour en finir une bonne fois avec une sauvagerie « élégante », plus coupable encore que la bestialité sans feinte et ses prétentions de chasseur campagnard tout-venant, demeuré un attardé de la préhistoire ?

Les abattoirs

On le sait peu : il a fallu, en France, attendre... 1964 pour qu'un décret codifie enfin les modes d'abattage dits humanitaires, limités à trois : pistolet, narcose, pince électrique. Et pourtant, il ne se passe pas d'année depuis où l'OABA (Œuvre d'assistance aux bêtes d'abattoir) n'ait dû porter plainte contre des infractions à la loi, parfois, hélas ! contre des cruautés abominables, comme l'usage, à l'abattoir de Collinée (Côtes-du-Nord) en... 1981, de crochets longs de 25 cm, introduits dans l'anus de porcs blessés, pour les traîner ; la même année, égorgement à vif à Dax, Pau, Bénéjacq (Pyrénées-Atlantiques), etc. Et en dehors des abattoirs officiels, qui songe aux horreurs des tueries familiales, à la « fête » du porc, aux lapins saignés l'œil arraché et autres gentillesses campagnardes ?

On n'oubliera pas non plus, parmi les mauvais traitements impunis par la loi, le gavage des oies, interdit dans plusieurs pays civilisés, anglo-saxons et scandinaves : après les 21 jours de gavage « l'oie ne peut plus se tenir sur ses pattes. Elle est malade, pire, elle est moribonde » « et le foie gras des riches est aussi une gifle adressée au tiers monde[1] », car il s'agit d'un produit de luxe.

L'expérimentation animale

Les tristes exploits de la vivisection proprement dite, à fins ou à prétextes scientifiques, sont aujourd'hui bien connus et largement dénoncés (par exemple H. et M. Stiller, Kalmar, Ruesh[2]) : le dossier est accablant et bien souvent insoutenable.

Mais la vivisection n'est d'ailleurs qu'un aspect d'une expérimentation animale dont peu soupçonnent l'ampleur : faute de chiffres précis, que d'ailleurs aucun État ne semble soucieux de réunir, on s'accorde à estimer que quelque 300 millions d'animaux « de laboratoire » sont utilisés chaque année (dont environ 100 millions aux USA) : donc dans les 800 000 par jour..., chiffre d'autant plus accablant que beaucoup d'expériences restent sans

1. Alfred Kastler, Michel Damien et Jean-Claude Nouët, *Le Grand Massacre*, Fayard, 1981.

2. Hubert et Margaret Stiller, *Vivisection et vivisecteur*, Nîmes, 1977.
— Kalmar, « Étude comparative des tests en cosmétologie sur l'animal », *Cahiers de la coalition mondiale pour l'abolition de l'expérimentation sur l'animal*, n° 2, 1981.
— Hans Ruesh, *Les Camelots de la maladie*, Civis, 1977, et *Ces bêtes qu'on torture inutilement*, Favre, 1980.

valeur médicale, et seront inutiles quand commenceront à exister certaines méthodes substitutives (par exemple cultures de cellules ou de tissus).

Quand on justifie si volontiers l'expérimentation animale par le souci de protéger la santé humaine et de servir le progrès de la médecine, il ne faudra pas oublier que l'argument n'est que partiellement recevable : pour la raison, d'abord, que les résultats obtenus sur les animaux sont loin d'être toujours automatiquement transposables à l'homme (la thalidomide, tératogène, avait pourtant été testée). Et puis il faut savoir qu'une part importante de l'expérimentation, peut-être un tiers (?), ne concerne nullement la santé mais une gigantesque industrie, celle de la cosmétologie, on sacrifie pour la mise au point du moindre « produit de beauté » nombre d'animaux, souvent morts en vain d'ailleurs car les tests d'irritabilité pratiqués ne fournissent pas nécessairement des conclusions valables : quel rapport entre une bouche féminine et l'anus du lapin condamné à tester un rouge à lèvres ?

A quoi bon continuer encore à contraindre à fumer dans des conditions cruelles de pauvres lapins, quand le rôle cancérigène du tabac est depuis si longtemps démontré ? A quoi bon répéter toujours, dans les salles de travaux pratiques, des vivisections (en théorie interdites), quand le film peut aisément y suppléer ? Pourquoi laisser les armées essayer sur des animaux vivants, bombes, projectiles, lasers, produits radioactifs, toxiques ou pathogènes, etc. ? Ou les responsables de la sécurité routière précipiter contre un mur de béton, pour s'y écraser, des singes ou des porcs ?

En fait, dans un très grand nombre de cas, peut-être la majorité, chaque fois que nous prenons un médicament, que nous utilisons un shampooing ou une crème solaire, c'est un peu (ou beaucoup) de souffrance animale dont nous acceptons la responsabilité. Mais qui le sait, et, surtout, qui s'en soucie ?

L'élevage en batterie

Un livre récent, courageux et tristement instructif (Kastler, Damien et Nouët (*op. cit.*, p. 196), ose attacher le grelot et dénoncer, preuves en main, ce qui restera « l'un des aspects les plus hideux de l'industrialisation et de la mécanisation, l'élevage concentrationnaire des animaux de consommation, élevage qui soumet des êtres vivants, ayant la même organisation biologique que nous-mêmes, à vivre une existence de torturés, de la naissance à la mise à mort ».

Jamais le mépris de l'être vivant, devenu un objet, une chose, une simple matière première, n'aura été à ce point cynique, au nom bien entendu de la rentabilité et du profit. D'où ces poules « débecquées », « déphalangées », qui risquent la folie dans leur cabanon de 20 × 25 cm ; quant aux poussins en excédent (par exemple les mâles), ils iront, eux, morts ou vifs, à la décharge...

Le consommateur reste largement responsable de ces horreurs : mais désormais il sait et ne peut plus plaider l'ignorance.

Les jeux sanglants

Saura-t-on jamais pourquoi une seule espèce zoologique aura acquis, et si vigoureusement inscrit dans son patrimoine héréditaire, cette appétence pour le sang qui aurait bien dû lui valoir le binom d'*Homo hæmophilus* plutôt que celui d'*Homo sapiens ?*

Sans doute pas, mais le fait est là : nous aimons le sang, et pour nous plaire nos « éducateurs » : journaux, livres, films, presse audiovisuelle, veilleront à nous en verser chaque jour bonne mesure.

Comment s'étonner dès lors de retrouver jusque dans nos divertissements et nos spectacles ce honteux et trouble plaisir de voir couler le sang ?

Si le tir aux pigeons vivants se trouve enfin, depuis peu, interdit, on n'a pas osé toucher aux combats de coqs, plus sanglants encore cependant : respect aux légitimes manifestations des « cultures » locales, n'est-ce pas ?

Mais l'une des hontes majeures de la chrétienté reste évidemment la corrida méditerranéenne qui demeure, malgré tant de pauvres sophismes, une boucherie ritualisée et cruelle où, comme par hasard, car il faut le reconnaître même si cela déplaît, sadisme et érotisme font, une fois de plus, fort bon ménage, comme l'ont reconnu, d'une part un clairvoyant prélat, Mgr Plantier, et de l'autre un expert lucide, Montherlant.

L'Église a su parfois condamner ces spectacles barbares : par la voix d'un pape, Pie V (bulle *De salute gregis*, 1567), de deux évêques de Nîmes (Mgr Plantier en 1863, Mgr

Besson en 1885), et d'autres à Agen (1933), Auch (1934), Limoges (1935), etc.

Par contre, en novembre 1981, l'évêque actuel de Nîmes, Mgr Cadilhac, tenait à manifester publiquement, dans la revue *Corrida*, sa sympathie pour les horreurs de l'arène : cruauté ? Peut-être bien, mais après tout ce sont des bêtes, seulement des bêtes, n'est-ce pas ?

J'ai rencontré ce prélat : à l'entendre il n'y aurait rien là de « contraire au dogme ou à la foi... ». Comme s'il s'agissait de cela, et non d'élémentaire morale... Les spectateurs seraient de braves gens, d'honnêtes gens, et même des chrétiens qui vont à l'église : hélas ! mieux vaudrait peut-être qu'ils y allassent moins mais soient plus respectueux de la morale évangélique.

Et bien entendu, le bon évêque estima qu'il est « bien secondaire » de se soucier de la souffrance des créatures quand il vaudrait mieux se préoccuper de celle des hommes. C'est largement classique, ressassé *ad nauseam* chaque jour : les hommes d'abord. A quoi il faut répondre : non les animaux *ou* les hommes, mais bien entendu ceux-ci et ceux-là. D'ailleurs pour ceux qui me font cette objection devenue quasi rituelle, c'est bien souvent, hélas ! *ni* ceux-ci, *ni* ceux-là.

L'animal en spectacle

Schweitzer refusait de visiter les ménageries, ne pouvant supporter la vue de la misère des bêtes captives, et détestait les exhibitions d'animaux dressés, double atteinte à la liberté et à la dignité de l'animal.

Car même là où le dressage n'aura impliqué aucune cruauté, le spectacle demeure pitoyable de bêtes trop souvent ridiculisées, déguisées, bafouées dans leur identité, contraintes à des comportements étrangers à leur nature : le malheureux chimpanzé habillé en garçonnet et obligé à de pauvres pitreries fait rire, hélas ! un public irréfléchi. Que l'on fasse sauter des chiens à travers des cerceaux, passe encore ! la domestication et la servitude les ont déjà dès longtemps dé-naturés — et peut-être même s'amusent-ils ? — mais, de grâce, pitié pour les bêtes dites « sauvages » et qui méritent plus de respect.

Les zoos c'est autre chose, avec toute une gamme de type carcéral, du quartier « haute sécurité » à l'enclos de semi-liberté. On sait d'ailleurs que ménageries et jardins zoologiques se trouvent aujourd'hui l'objet de vives critiques, bien souvent, hélas ! justifiées. Même si les prisons pour animaux font encore recette auprès d'un public mal averti, le principe même du commerce des animaux capturés à l'état sauvage et de leur maintien en captivité derrière des barreaux se voit désormais de plus en plus discuté. Si bien des ménageries sont d'abominables prisons, des zoos s'efforcent de donner à leurs détenus une certaine illusion de liberté. Naturellement, on insistera volontiers sur le caractère pédagogique du zoo, voire sur son rôle éventuel dans la protection d'espèces menacées. Mais il n'est pas douteux que la prison pour animaux devra se voir de fond en comble réformée.

Le « progrès » contre l'animal

Sans intention malfaisante, et par le seul jeu de son activité, le progrès technique, on le sait, élimine et détruit d'énormes quantités d'êtres vivants. Que l'on songe par exemple aux multiples effets de la pollution chimique (pesticides, hydrocarbures, etc.), de la « bétonisation » (littoral en particulier), des assèchements de zones humides, du remembrement (destruction des haies), des hécatombes d'animaux sur les routes (hérissons, serpents, etc.). Sans oublier la persécution directe des espèces « utiles », baleines, phoques, etc.

Pèlerinage aux sources

On vient de lire un très sommaire catalogue des mauvais traitements que nous infligeons chaque jour, et apparemment sans remords, aux animaux. Une question dès lors se pose : comment peut-on en être encore là ? De qui avons-nous hérité notre cruauté et notre mépris pour les animaux ? Quelle malédiction semble accabler ces derniers ? Pourquoi le rôle de bourreaux ne nous incite-t-il pas plus souvent au remords, au repentir, à la révolte contre nos sottises et, surtout, nos crimes ?

En simplifiant beaucoup, peut-être pourrait-on incriminer tour à tour trois éléments majeurs d'âge historique décroissant et pour ainsi dire « concentriques » : une hérédité préhistorique commune à l'espèce humaine à l'échelle planétaire — un héritage méditerranéen, judaïque puis judéo-chrétien établissant une axiomatique royauté de l'homme sur la nature —, enfin, plus localisé encore, et plus jeune, le cartésianisme doctrinal de l'animal-machine.

L'hérédité lointaine

Consacrant en 1964 dans *Le Christianisme social* un article au livre de Jean Servier, *L'Homme et l'Invisible* (Payot, 1964), j'avais intitulé mon texte : « Sommes-nous des hommes préhistoriques ? » la réponse étant malheureusement : Oui.

Car rien ne sert de vouloir le dissimuler : la « civilisation », au sens usuel et large du mot, loin d'être un acquis définitif, reste un fragile vernis, s'écaillant à la moindre égratignure pour révéler, sous l'écorce, une ancestrale barbarie. A la guerre, on verra le « bon époux — bon père », le paisible bureaucrate du coin se métamorphoser en assassin et en tortionnaire, ce qui ne prouve que trop que l'hominisation du primate se trouve bien loin d'être achevée.

On devra donc s'y résigner : notre sang charrie de bien troubles instincts, la pitié ne nous est pas naturelle, il faudra l'enseigner et l'apprendre. Le respect de la vie implique déjà un sens moral d'un certain niveau, que l'enfant, inconsciemment cruel, devra acquérir, parfois à l'occasion d'un choc psychologique : c'est la cloche du temple qui, au Reberg, empêchera, et pour toujours, Schweitzer enfant de tirer au lance-pierre sur un moineau.

Pendant des centaines de milliers d'années nos ancêtres se sont comportés en simples prédateurs, parmi bien d'autres : furent-ils dès cette époque spécifiquement « cruels » comme leurs descendants le sont aujourd'hui ? Lion, guépard et panthère le sont-ils quand ils prélèvent sur les autres habitants de leur savane les proies exigées par leur alimentation ? Autrement dit, d'où peut bien provenir la propension de l'homme moderne à la cruauté, son goût de la violence et du sang, son amour pour les armes, sa fascination pour la guerre ? Car si l'homme n'est pas le seul animal chasseur, il est devenu le seul qui entretienne des écoles spécialisées pour apprendre à ses jeunes à tuer leurs semblables.

Serait-ce que dans le mythe biblique des origines l'alliance noachique post-diluvienne aurait introduit, et légitimé, avec le carnivorisme, la cruauté ? Ou la révolution néolithique, en plaçant l'homme en situation d'agresseur enfin techniquement efficace, aurait-elle été, en quelque manière, quant au psychisme humain, une sorte d'aggravation de la chute, une péjoration morale consacrant le passage du prédateur au bourreau ? La charnière entre l'un et l'autre coïnciderait-elle avec la sédentarisation, avec la ville, avec les attributs désormais classiques d'une « civilisation » digne de ce nom : palais, caserne, temple, abattoir, prison et mauvais lieu ?

On sait que Robert Ardrey[1] avait déjà soulevé le problème. Après nous avoir rappelé, ce qui n'a certes rien de bien original, que l'homme est pétri d'instincts « sauvages » et que chaque nouveau-né est un « barbare » en puissance, il croit pouvoir affirmer que l'un des grands événements du pléistocène fut « la naissance du primate tueur », ou, si vous voulez, la reconversion de ce primate en tueur, métamorphose (ou re-chute ?) qu'expliquerait une péjoration climatique, la sécheresse ayant contraint l'homme à une mutation : tuer ou mourir. Il choisit le meurtre : Caïn était né et se porte encore, aujourd'hui, à merveille.

L'héritage judéo-chrétien

Je reviendrai sur l'animal dans la Bible, mais il faut dès maintenant noter l'irréparable influence sur notre pensée et notre comportement du postulat anthropocentrique accepté et propagé par les grandes traditions monothéistes, judaïsme, christianisme et islam.

Dans le récit élohiste[2] l'homme est appelé à « dominer » et à « soumettre » les autres créatures mais, étant encore végétarien, son autorité demeure un tantinet théorique, par contre, Noé, dès la sortie de l'arche, va commencer par un copieux égorgement de « tous les animaux purs et tous les oiseaux purs », holocauste dont l'agréable odeur de chair

1. Robert Ardrey, *Les Enfants de Caïn*, Stock, 1963.
2. Genèse I, 26-28.

brûlée flattera les narines du Seigneur, qui va[1] donner à la petite tribu des survivants les deux ordres qui nous régissent encore : « Soyez féconds, multipliez et remplissez la terre. Soyez la terreur de tous les animaux de la terre. »

Deux injonctions accueillies avec enthousiasme et dont nous subissons encore les conséquences : pollution démographique et saccage de la nature. Voici donc nos Bédouins sacrés « rois de la création », titre si flatteur que leurs descendants à travers les siècles continueront à s'en prévaloir.

Des commentateurs bienveillants tenteront sans doute d'adoucir un peu le terrible verset, les uns en préférant lire une constatation (« vous serez ») plutôt qu'un ordre (« soyez ») — qu'en pensent les hébraïsants ? —, les autres, très nombreux, consacrant des pages et des pages à nous expliquer qu'un « roi » n'est pas un « tyran », qu'il s'agit de gestion et non de domination, et que l'homme appelé à devenir l'effroi des créatures ne l'est en fait qu'en se comportant en fraternel régisseur et en bon intendant... Qui, bien sûr, ne le souhaiterait ?

De toute façon, la tradition chrétienne s'est installée ici, en toute bonne conscience, dans un monde définitivement hiérarchisé : la terre pré-copernicienne centre de l'univers, l'homme centre et souverain de la création, Jérusalem puis Rome centre de la planète. Un infranchissable abîme *doit* séparer l'homme de l'animal, avec toutes les conséquences philosophiques, dogmatiques et, ce qui est plus grave, éthiques d'une hétérogénéité fondamentale par définition.

---

1. Genèse IX, 1-2.

A la question de saint Paul : « Dieu se met-il en peine des bœufs ? »[1] saint Augustin (cité par Passmore[2]) répondra : « Le Christ lui-même montre que s'abstenir de tuer des animaux ou de détruire des plantes est le comble de la superstition car, jugeant qu'il n'existe pas de droits communs entre nous et les bêtes ou les arbres, il envoie les démons dans un troupeau de pourceaux et en le maudissant dessèche l'arbre sur lequel il n'a pas trouvé de fruit. »

Soit, mais pourquoi l'anecdote des pourceaux gadaréniens envoyés à la noyade devrait-elle se voir attribuer valeur normative pour la foi quand elle ne fait que souligner le refus de prendre en compte le sort des êtres non doués de raison ?

D'ailleurs saint Thomas, Kant, avec une foule d'autres auteurs condamnent la cruauté plus en fonction de l'homme qu'en faveur de la victime animale : la cruauté ne sera pas dénoncée pour elle-même, et à l'égard de la bête tout reste permis, puisqu'elle demeure non un être sensible à respecter mais un simple objet.

S'il a fallu des siècles pour que la femme se soit vu reconnaître une âme, s'étonnera-t-on que l'Église n'ait pas encore accepté de reconnaître des droits au monde non humain ?

Damien[3] rapporte une singulière conversation avec un éminent théologien en robe blanche : pour ce prince de l'Église « les animaux sont une question très marginale et

---

1. Épître aux Corinthiens, I, 9.
2. *Op. cit.*, p. 192.
3. Michel Damien, *op. cit.* p. 196.

le resteront toujours... L'Église n'est pas concernée. La transcendance du Christ établit une séparation absolue avec les choses matérielles *(sic)*. L'objet de la foi est d'un ordre si élevé qu'il est vain de s'arrêter à ces questions sur la nature. L'animal ne quitte pas la matière. Il n'a pas de lien avec le Christ... » Propos surprenants mais révélateurs, et qui expliquent l'argument de l'actuel évêque de Nîmes défendant les corridas : un animal reste animal, tant pis pour lui.

L'animal-machine

Après l'animal objet de la théologie, l'animal-machine de Descartes, venu ajouter sa condamnation à celle dont « bénéficiait » déjà la bête de la part de l'Église. Bien sûr, personne n'accepte plus aujourd'hui une conclusion combattue d'ailleurs très tôt par le curé Meslier (1664-1729) adressant à « nos cartésiens » les plus rudes critiques. Mais Descartes ne restera pas sans disciples.

Peut-être n'est-il pas tout à fait certain que le doux Malebranche, entrant à l'Oratoire avec Fontenelle, ait accueilli la chienne de la maison, gravide par surcroît, à coups de pied et répondu à son compagnon, ému des cris de l'animal : « Eh quoi ! Ne savez-vous pas que cela ne sent point ? » Pour le philosophe les cris ne sont en effet que « de l'air poussé dans un tuyau sonore... ».

Par contre les bons solitaires de Port-Royal, convertis à « l'automate », ne se faisaient pas scrupule de brutaliser les bêtes et d'ouvrir des chiens tout vivants pour voir la circulation du sang. Ils crient ? Sans doute, mais leurs plaintes ne sont que « le bruit d'un petit ressort qui avait été remué » ; « Ce ne sont que des horloges... »

Les Écritures

Un bien maigre chapitre : peu, très peu de chose, force est de le reconnaître, sur les relations homme-animal et les devoirs du premier envers le second. Non pas que manquent les références aux animaux : on en compterait plus de 2 000 pour le seul Ancien Testament, mais ni le problème philosophique ni les exigences de la pitié n'ont intéressé les auteurs sacrés. Et d'ailleurs, à partir du carnivorisme[1] des sacrifices sanglants et de l'égorgement à vif des bêtes, pouvait-il en être autrement ?

En cherchant bien, tout de même deux préceptes : ne pas museler le bœuf foulant le grain, ne pas prendre, sur un nid, à la fois la mère et les petits... Et encore, s'agit-il bien réellement d'actes de miséricorde ?

Par contre, plusieurs passages font allusion, pour les animaux, à leur sagesse (l'ânesse de Balaam), à leur prière (celle du corbeau, Psaumes CIIL, 9), à leur louange de Dieu (Ps CIIL, 10), à leur attente de la réconciliation mes-

1. Genèse IX, 3.

Sortie de secours

Déclaration universelle des droits de l'animal

Préambule

Considérant que la Vie est une, tous les êtres vivants ayant une origine commune et s'étant différenciés au cours de l'évolution des espèces.
Considérant que tout être vivant possède des droits naturels, et que tout animal doté d'un système nerveux possède des droits particuliers.
Considérant que le mépris, voire la simple méconnaissance de ces droits naturels provoquent de graves atteintes à la Nature et conduisent l'homme à commettre des crimes envers les animaux.
Considérant que la coexistence des espèces dans le monde implique la reconnaissance par l'espèce humaine du droit à l'existence des autres espèces animales.
Considérant que le respect des animaux par l'homme est inséparable du respect des hommes entre eux.

Il est proclamé ce qui suit :

Article premier

Tous les animaux ont des droits égaux à l'existence dans le cadre des équilibres biologiques.
Cette égalité n'occulte pas la diversité des espèces et des individus.

Article 2

Toute vie animale a droit au respect.

Article 3

1. Aucun animal ne doit être soumis à de mauvais traitements ou à des actes cruels.
2. Si la mise à mort d'un animal est nécessaire, elle doit être instantanée, indolore et non génératrice d'angoisse.
3. L'animal mort doit être traité avec décence.

Article 4

1. L'animal sauvage a le droit de vivre libre dans son milieu naturel, et de s'y reproduire.
2. La privation prolongée de sa liberté, la chasse et la pêche de loisir, ainsi que toute utilisation de l'animal sauvage à d'autres fins que vitales sont contraires à ce droit.

Article 5

1. L'animal que l'homme tient sous sa dépendance a droit à un entretien et à des soins attentifs.
2. Il ne doit en aucun cas être abandonné, ou mis à mort de manière injustifiée.
3. Toutes les formes d'élevage et d'utilisation de l'animal doivent respecter la physiologie et le comportement propres à l'espèce.
4. Les exhibitions, les spectacles, les films utilisant des animaux doivent aussi respecter leur dignité et ne comporter aucune violence.

Article 6

1. L'expérimentation sur l'animal impliquant une souffrance physique ou psychique viole les droits de l'animal.
2. Les méthodes de remplacement doivent être développées et systématiquement mises en œuvre.

Article 7

Tout acte impliquant sans nécessité la mort d'un animal, et toute décision conduisant à un tel acte constituent un crime contre la vie.

Article 8

1. Tout acte compromettant la survie d'une espèce sauvage, et toute décision conduisant à un tel acte constituent un génocide, c'est-à-dire un crime contre l'espèce.
2. Le massacre des animaux sauvages, la pollution et la destruction des biotopes sont des génocides.

Article 9

1. La personnalité juridique de l'animal et ses droits doivent être reconnus par la loi.
2. La défense et la sauvegarde de l'animal doivent avoir des représentants au sein des organismes gouvernementaux.

Article 10

L'éducation et l'instruction publique doivent conduire l'homme, dès son enfance, à observer, à comprendre et à respecter les animaux.

sianique (Joël I, 20 et Ezechiel XI, 6), et l'on n'oubliera pas le dernier verset de l'apologue de Jonas (IV, 11) : « et des animaux en grand nombre ».

Mais si saint Paul s'avoue surpris que Dieu puisse « se mettre en peine de bœufs [1] », le Kohéleth, lui, devine qu'il existe un problème : « Va savoir si le souffle des fils d'Adam monte en haut, ou si le souffle des bêtes descend pour s'enterrer en bas[2]. » Enfin une parole réfléchie et lucide...

Et l'on comprend l'indignation du penseur évangélique[3] : « Est-ce que la Bible est foncièrement pitoyable aux animaux ? Les rudes falaises de l'Ancien Testament sont éclaboussées par un rouge Niagara : le culte mosaïque était un perpétuel égorgement de bêtes sacrifiées. Mais l'écarlate marée envahit même le Nouveau Testament. La naissance de Jésus coûta la vie à deux tourterelles et à deux pigeonneaux.... »

Les protestataires

Et pourtant... Malgré le poids des cruautés ataviques, les silences de la Bible et la complicité — pour ne pas dire plus — des Églises, il serait injuste d'oublier les protesta-

1. Épître aux Corinthiens IX, 9.
2. Écclésiaste III, 21.
3. Wilfred Monod, *Le Problème du Bien*, éd. Félix Alcan, Paris, 1934.

tions qui se sont élevées, de siècle en siècle, à travers le monde, soit à travers les religions orientales professant la transmigration des âmes, soit par les voix individuelles d'êtres révoltés par la violence et l'injustice.

On n'en évoquera ici, à titre d'exemples, qu'un tout petit nombre.

Pythagore, condamnant les sacrifices sanglants, était végétarien et Isaac de Ninive, moine nestorien du VIe siècle, veut un cœur « qui s'enflamme de charité pour la création entière, pour les hommes, pour les oiseaux, pour les bêtes, pour les démons, pour toutes les créatures ». Il faut donc prier « aussi pour les animaux » et « même pour les reptiles », dignes, eux aussi, d'une « pitié infinie ».

La sagesse chinoise interdisait d'écraser intentionnellement un insecte, d'ébouillanter une fourmilière, de déterrer un animal hibernant et même de cueillir une fleur sans raison (A. Schweitzer, *Les Grands Penseurs de l'Inde*).

Dans la tradition musulmane, de nombreux textes ou récits concernent la miséricorde envers les créatures. Le Prophète aurait, selon Abou Horaïra, déclaré qu'une prostituée fut pardonnée de Dieu pour avoir, avec son soulier et son voile, puisé de l'eau pour sauver un chien quasi mort de soif. Citons encore Abou Bakr Chibli, disciple de Al-Hallâj, le mystique (cf. p. 44).

Le bon saint François est bien commode pour les chrétiens trouvant dans son attitude un précieux alibi. Mais il ne faut pas s'y tromper : le Poverello a échoué et « notre frère le rouge-gorge » comme « notre sœur l'alouette huppée » n'ont pas trouvé place dans les prescriptions de la

Règle des frères mineurs. Un *Manuel du tiers ordre de saint François* (558) ne semble pas renfermer une seule fois le mot « animal ».

Montaigne (Livre II, chap. 12) admet, par contre, que « nous ne sommes ny au dessus, ny en dessous du reste ». Le propos peut paraître un tantinet théorique mais le chapitre 11, « De la cruauté », en arrive à l'essentiel : « De moy, je n'ay pas sceu voir seulement sans desplaisir poursuivre et tuer une beste innocente de qui nous ne recevons aucune offence. » Il trouve « très desplaisant » le spectacle de la chasse à courre, dont la barbarie trouve encore aujourd'hui des défenseurs, et ajoute : « je ne prends guère beste en vie à qui je ne redonne les champs », car il refuse « cette royauté imaginaire qu'on nous donne sur les autres créatures ». Malebranche d'ailleurs[1] lui en voudra d'avoir osé nommer les animaux « nos confrères et compagnons » : les hommes d'Église demeurent, décidément, impitoyables.

Par contre sous Louis XIV, un prêtre athée, Jean Meslier (1664-1729), curé d'Étrépigny (Ardennes), va s'enflammer pour la défense des bêtes, contre les cruautés des « christicoles » et la « si pernicieuse et détestable doctrine » des cartésiens. Les paysans de son village brûlent des chats, attachés à une perche, les jours de fête : ce sont des « insensés brutaux ». Il faut être compatissant envers tous les êtres vivants, même les araignées, les mouches, les vers de terre (« je hais de voir seulement les boucheries et les

1. *Recherche de la Vérité*, I, 3e partie, chap. 5.

bouchers »), et il préfère ses « confrères » les brahmanes car « c'est une cruauté et une barbarie de tuer, d'assommer, et d'égorger des animaux qui ne font point de mal, car ils sont sensibles au mal et à la douleur aussi bien que nous, malgré ce que disent vainement, faussement, et ridiculement nos nouveaux cartésiens ».

Les bêtes, ajoute le curé Meslier, ont un « langage naturel », sont capables de connaissances et sentiments, elles « s'aiment et se caressent les unes les autres » et « quelques fois elles se haïssent », elles « font de dolents soupirs quand elles sont malades ou se sentent blessées », etc.

Voilà un athée plus près du Royaume qu'un pape (Paul VI) osant aller jusqu'à recevoir et à bénir des toreros...

Mais en voici un autre, Schopenhauer, non moins clairvoyant et qui va s'indigner à son tour contre les théories « révoltantes et abominables », contre une morale philosophique qui n'est qu'une morale théologique, biblique, déguisée. Car « le monde chrétien ne tient nul compte des animaux, ceux-ci se trouvent hors la loi, ils sont de simples "choses", des moyens, bons pour la vivisection, la chasse à courre, les combats de taureaux, les courses, bons à être assommés devant les tombereaux de pierre trop lourds, etc.[1] ».

Cette morale « méconnaît l'être éternel qui se trouve dans toute créature vivante et qui brûle avec une infinie beauté dans tous les yeux ouverts à la lumière céleste ». Le

1. *Op. cit.*, p. 127.

« garant le plus solide, le plus sûr d'une conduite conforme à la moralité », la vraie, c'est « une pitié sans borne pour tous les êtres vivants », ce que ne pourra que répéter Schweitzer.

Quant à imaginer que les animaux n'ont pas de droits et qu'il n'y a pas de devoirs envers les bêtes, « c'est quelque chose d'absolument révoltant de brutalité et de barbarie ».

Hélas ! ce seront les théologiens — Schopenhauer dit : « la *prêtraille européenne* » — qui vont finir par « nier et blasphémer l'être éternel présent dans tous les êtres animés », et qui ont introduit en Europe « cette dureté et cette cruauté habituelles envers les bêtes, que les habitants de la Haute-Asie ne sauraient voir sans un légitime dégoût », et le genre neutre affecté en anglais aux noms d'animaux ne serait même, à en croire le philosophe, « qu'une ruse de curés désireux de rabaisser les animaux au niveau des choses ».

Albert Schweitzer[1] le reconnaîtra aussi : « dans la pensée européenne apparaît lentement la notion que l'éthique ne concerne pas seulement l'humanité mais aussi bien la créature animale ». Il faut donc aboutir à l'affirmation que l'éthique implique le respect de toute vie, car « pour l'homme moral la vie est sacrée en elle-même : il ne brisera aucun cristal de glace scintillant au soleil, ne dépouillera l'arbre d'aucune de ses feuilles, n'arrachera aucune fleur et prendra soin de n'écraser aucun insecte en marchant ». Après la pluie, il replacera dans l'herbe le ver de terre égaré

1. *Anthology*, 1947.

sur le chemin et offrira à l'insecte en danger de se noyer la feuille ou le rameau qui seront son salut.

Que ce haut idéal dépasse, pour le prolonger, le texte biblique, c'est l'évidence, mais pourquoi pas ? l'Écriture ne condamne ni l'esclavage ni la guerre : *Scriptura semper evolvenda...*

Pour Wilfred Monod, l'un des très rares pasteurs ayant pris au sérieux la souffrance des bêtes, on y reviendra plus loin. Mais point n'est, certes, besoin d'être chrétien pour découvrir, avec Romain Rolland, le problème : « Des milliers de bêtes sont massacrées inutilement, chaque jour, sans l'ombre d'un remords. Qui y ferait allusion se rendrait ridicule — Et cela c'est le crime irrémissible. A lui seul, il justifie tout ce que l'homme pourra souffrir. Il crie vengeance contre le genre humain. Si Dieu existe et le tolère, il crie vengeance contre Dieu. S'il existe un Dieu bon, la plus humble des âmes vivantes doit être sauvée. Si Dieu n'est bon que pour les plus forts, s'il n'y a pas de justice pour les misérables, pour les êtres inférieurs offerts en sacrifice à l'humanité, il n'y a pas de bonté, il n'y a pas de justice[1]. »

Et si l'on comprend le Zénon de Marguerite Yourcenar (*L'Œuvre au noir*), qui, découvrant que « la bête meurt à douleur comme l'homme », refuse de « digérer des agonies », l'auteur ajoutant (1980) : « si la cruauté humaine s'est tant exercée contre l'homme, c'est trop souvent qu'elle s'était fait la main sur les animaux ».

---

1. *Jean-Christophe*, chap. IX, « Le buisson ardent ».

Une théologie de la nature ?

Bien sûr, aucun esprit réfléchi — on l'a vu avec le curé Meslier — ne peut éluder une question qui n'est pas, écrivait Bentham en 1789 : « Peuvent-ils raisonner ? » ou « Peuvent-ils parler ? » mais seulement : « Peuvent-ils souffrir ? » Mais le titre de ces pages le précise : il s'agit ici de la foi chrétienne, et par conséquent de théologie.

En 1974 M.A. Visser't Hooft publiait dans un mémorable numéro de *Foi et Vie* (1973, n° 5-6) un article au titre évocateur : « Matériaux bibliques pour l'élaboration d'une théologie de la Nature ». Bien que l'auteur ne veuille pas reconnaître la responsabilité de la Bible dans la doctrine d'un homme « roi de la création », une expression nouvelle, « théologie de la nature », était forgée.

S'il reste à lui donner un contenu, ce ne sera certainement pas à un zoologiste d'évoquer utilement ce dernier, et je me contenterai d'en réunir quelques matériaux chez trois auteurs : Wilfred Monod (1934), Michel Damien (1978) et Alain Maillot (1973).

Wilfred Monod (1934)

Un jeune chrétien nourri de l'idéal messianique des prophètes et de la sève évangélique ne pouvait être durablement épargné par la pathétique découverte des « millénaires souffrances du monde animal, stagnantes sous nos yeux, et maintenues silencieusement, sans relais ni repos, sans relâche, sans armistice[1]... ».

En effet, dès l'âge de 20 ans (9 novembre 1887) le jeune étudiant écrivait : « Console-toi, un rayon de Dieu a brillé dans ton âme le soir de neige où ton cœur se serra devant un oisillon mort de froid ». Quelques mois plus tard (9 mai 1888) une visite au Jardin des Plantes le remplit de tristesse devant le mystère des animaux emprisonnés : « A quoi bon tout cela ? Que sont, où vont ces existences ? »

La souffrance des bêtes « sans compassion », leur mort « sans lendemain »..., l'animal, « un excommunié qui participe à la douleur sans participer à la prière » ?

Oui, « l'énigme du monde animal nous dévisage avec une pétrifiante face de Gorgone. On est ridicule ou odieux, si l'on essaye d'expliquer ou de justifier ce mystère ; il faut se borner à le constater ».

Sans doute, mais on n'empêchera pas le penseur chrétien de poursuivre sa méditation, en consacrant tout un chapitre au « Secret de l'animal » : « L'animal sans un au-delà », etc.

Quant au sort d'un animal privé, par définition, de toute espérance, « l'Église traditionnelle ne cherche pas de réponse à ce problème : elle l'ignore. Elle reste fidèle à la thèse d'une théologie conservatrice, qui s'est toujours appliquée à creuser l'abîme entre l'animal et l'homme afin de sauvegarder la notion du spiritualisme chrétien dans toute son intransigeance : dogmatiquement, il est conve-

1. *Op. cit.*, p. 212.

nable que l'animal, dénué d'âme, soit annihilé par la mort ».

« Un jour, poursuit l'auteur (*Le Problème du Bien* III, p. 347), je regardais un cheval qui tirait une voiture, sur le boulevard Saint-Michel, en remontant la pente. Cette pensée me traversa l'esprit, aiguë : Que fait “Dieu” pour cette bête de somme, cette créature souffrante ? Pourquoi l'animal serait-il moins aimé du Créateur que l'homme ?... Quelqu'un, peut-être, insinuera : Et pourquoi l'homme serait-il plus aimé que l'animal ? »

Michel Damien (1978)

Aux questions du pasteur va tenter de répondre, en 1978, un jeune écrivain catholique, Michel Damien, dans un ouvrage au titre explicite : *L'Animal, l'Homme et Dieu.*

Tout le livre est à méditer, et avec d'autant plus d'attention que certaines formules peuvent y heurter, non pas nos convictions — du moins je l'espère —, mais nos confortables habitudes mentales, par exemple les déclarations suivantes : « Il y a un Évangile de l'animal. Les bêtes meurent aussi dans les bras de Dieu », et même : « Le Christ est mort aussi pour les chiens. »

A l'effrayant problème de la souffrance animale, il n'y a pas de réponse dogmatique de l'Église : la question reste sans doute ouverte en théorie, mais en fait se trouve déjà réglée et l'on devine dans quel sens : « il n'y a pas lieu de chercher si les animaux ont un destin caché derrière les apparences : si l'on est chrétien, cela ne se fait pas, et si l'on est incroyant la réponse va de soi ».

L'interrogation cependant subsiste et qui « nous écrase par sa démesure » : y a-t-il un au-delà pour l'animal ? Un salut, une rédemption ? Questions qui ne sont pas minces, on le voit.

La réflexion de Damien s'enracine dans la notion de totalité, d'unité des êtres et des choses : « Saisir une parcelle de la matière, c'est se pencher sur l'infini... le mystère cosmique est aussi grand, et peut-être de même nature, entre deux brins d'herbe où une araignée tisse sa toile qu'entre deux astres dans le ciel. Le même mystère, c'est-à-dire le même ineffable. »

Dès lors, comment refuser au moins une recherche et une réflexion animées non plus par l'orgueil de l'anthropomorphisme mais par la pitié et la sympathie sur la place des bêtes dans l'ordre de la création ? D'où cette « urgente nécessité d'une théologie de la nature ». Car « une modification de l'attitude concrète manifestée dans l'Église face à la nature suppose une évolution théologique préalable. Est-on prêt à accepter cet approfondissement ? La question est là ».

Et rien ne prouve d'ailleurs que le christianisme officiel ait encore compris l'ampleur et l'urgence de la démarche : « il s'agit de percevoir Dieu au centre de la création, de le retrouver au cœur de la vie dans son sens le plus universel. Il s'agit d'effectuer une véritable révolution religieuse, une révolution “copernicienne” de la pensée théologique... ».

Et c'est seulement « quand le chrétien portera sur la nature le regard du Christ que le reste du monde saura que quelque chose de nouveau s'est passé dans la vieille Église et que l'on peut compter sur elle pour aider à tenir le gouvernail ».

Sans doute, mais « la pâte humaine n'a pas encore levé, et peut-être fallait-il deux mille ans d'histoire chrétienne pour qu'on s'en aperçoive » : mais l'oubli ou le mépris des créatures non humaines sont toujours là et cette « dépossession du visage de Dieu » ne semble pas près de s'effacer, puisque « le millième du message du Christ n'a pas été perçu », du moins pas encore.

Le problème n'en subsiste pas moins : « on ne mesure pas quel mystère on aborde en parlant de la souffrance animale. Elle leur confère une noblesse. Elle est une participation aux Béatitudes. L'agonie des bêtes se fond dans l'amertume silencieuse du Christ au cours de sa Passion ».

Mais « notre société est organisée de telle manière que nous ne puissions rien voir du spectacle sanglant des abattoirs et de ses laboratoires de vivisection. Que représente la mise au point d'un médicament ? » Et aussi, qui y pense ? Je sais cependant qu'un disciple de Schopenhauer hésitait à prendre un médicament prescrit, de peur d'encourager, ce faisant, les cruels excès de l'expérimentation animale : comme quoi une fois de plus, c'est le Samaritain qui s'arrête, là où le prêtre et le lévite, insensibles, ont poursuivi sans remords leur chemin.

Saint Dominique répétait inlassablement : « Mon Dieu, que vont devenir les pécheurs ? » Et Damien ajoute :

« Combien d'hommes, de pauvres, de petits se sont demandé : "Mon Dieu, que deviennent les bêtes ?" Ils n'ont pas reçu le baume de l'enseignement vraiment évangélique. Il y a une justice à rendre aux animaux, et chez ceux qui les aiment une angoisse, qui est une injustice, qu'il ne faut pas laisser durer plus longtemps. »

Mais avançons-nous ? Car « la misère de notre pensée religieuse sur les bêtes est qu'il n'y pas de pensée... »

Damien se réfugie dans la foi et dans l'espérance : « Les animaux appartiennent, à leur rang propre, au corps mystique du Christ. Ils sont dans le Christ et le Christ en eux. D'humbles chrétiens comprennent cela par intuition, sans formules compliquées. » Et il a à cet égard raison, mais il n'en songe pas moins à des indications pratiques, et jusque dans le domaine liturgique. Après tout, pourquoi ne pas mentionner les animaux dans la consécration eucharistique ?

Alain Maillot (1973)

L'important travail d'Alain Maillot, fils du pasteur Alphonse Maillot, a paru en 1973, donc avant celui de Damien, mais il s'agit d'une thèse de doctorat vétérinaire.

Pour le docteur Maillot, tous les animaux ont été créés *pour* l'homme, pour être, d'après La Genèse, les compagnons de l'homme : peut-on généraliser au-delà des animaux domestiques ou du moins de ceux connus des rédacteurs bibliques ?

L'auteur insistera beaucoup sur le qualificatif de « compagnon », mais refuse le terme de « partenaire » et récuse celui de « frère », de peur, dit-il, de « revenir aux confusions égyptiennes ».

Pour l'auteur, « l'homme est fondamentalement distinct de l'animal : il a un "devenir" devant lui. L'animal est fixé, figé dans son rôle, une fois pour toutes », mais tient à signaler qu'il s'agit là d'un « verdict théologique » et non d'une « donnée scientifique ». Pour le docteur Maillot, d'ailleurs, « il faut garder sans honte et sans fausse modestie (on se serait attendu à : sans orgueil) un anthropocentrisme qui va de la première à la dernière page de la Bible » et qui « n'est pas un exclusivisme, bien au contraire », car notre solidarité avec les autres créatures est évidente ; la rédemption de l'animal n'est pas écartée mais elle « passe par celle de l'homme », le chrétien devrait apprendre à dire aux animaux : « nous ne voulons pas être sauvés sans vous ».

Mais l'auteur tient fermement à la « mission royale », à la « royauté vicaire », qui ne devrait jamais être celle d'un tyran cruel et capricieux mais celle d'un gestionnaire protecteur et généreux.

Toutefois, et l'auteur y revient *in fine* : « les "règnes" ne doivent pas être mélangés. Il y a le domaine de Dieu, il y a le domaine de l'homme ; il y a celui des animaux. Non seulement ces domaines sont étanches, mais ils sont hiérarchisés ».

On le constate, si la position d'Alain Maillot reste à bien des égards respectueuse d'une tradition dont il recherche l'expression dans la Bible, et s'il est loin de partager les intuitions passionnées de Damien, ou les convictions de beaucoup de consciences révoltées par la cruauté stupide (il ne condamne pas la chasse « sportive »), son attitude *pratique* reste dans une large mesure généreuse, et c'est sans doute, une fois encore, l'essentiel : en-praxie d'abord, ortho-doxie éventuelle après...

Peut-on raisonnablement espérer voir naître enfin cette théologie de la nature et de la pitié pour les êtres vivants dont l'absence laisse le christianisme encore si incomplet, si appauvri, si mutilé ? Si Wilfred Monod n'a pas été entendu, qui viendra réveiller de son indifférence séculaire une pensée qui continue à limiter au monde humain les exigences de l'idéal évangélique ?

Et cependant, voici que quelques lueurs sont venues, par-ci, par-là, s'allumer dans les ténèbres, et il n'est pas douteux que la théologie du *Process* apporte ici un son nouveau, une parole prophétique.

Qu'on en juge par ces quelques citations de l'ouvrage d'André Gounelle[1] sur cette théologie nouvelle.

Partant d'un « sentiment aigu de l'unité de l'être » et de l'univers on en doit conclure qu'« aucun abîme ne sépare la matière de l'esprit, les objets inanimés des êtres vivants, les animaux des hommes... Les objets, les plantes, les animaux sont aussi nos semblables, nos frères [...] et doivent être traités comme tels ».

---

1. Le Dynamisme créateur de Dieu, essais sur la théologie du Process, Etudes théologiques et philosophiques, Montpellier, 1981.

Et ailleurs : « Aucune altérité foncière ne sépare les animaux des hommes » et « il n'existe aucune espèce d'entité présente chez l'homme qui ne tienne pas également chez l'animal », puisque celui-là est sorti de celui-ci.

En admettant des « niveaux de l'être », cette philosophie peut adopter une vue résolument évolutive de l'univers et de ses éléments. L'homme, dès lors, retrouve sa misérable place au sein d'un monde qui n'est plus « un objet dont nous disposerions, mais un partenaire, un compagnon, un frère dont nous partageons nécessairement le sort ». Et d'un monde au sein duquel « toute entité actuelle, même de bas niveau, possède une valeur intrinsèque », représente « une fin en soi », est « respectable à cause de ce qu'elle est » et « doit être aimée pour elle-même... ».

On devine tout ce qui devrait découler de telles prémisses, en ce qui touche notre comportement à l'égard d'un animal qui n'est plus seulement un « objet » ou de la « viande », mais un être sensible et souffrant à respecter et à défendre.

Si l'homme doit un jour sortir de la barbarie et de la préhistoire, c'est seulement en incarnant ce haut idéal qu'il y parviendra. Mais le voudra-t-il, quand il continue à aimer la cruauté, la violence et, quoi qu'il en dise, la guerre ?

En guise de conclusion :
Le « sermon sur l'hirondelle »

Dominant la plaine immense livrée tour à tour par le rythme des crues aux bœufs et aux nénuphars, aux bergers peuls et aux piroguiers bozos, des collines gréseuses, dans la région de Mopti (Mali), occupent l'horizon oriental. C'est le glacis du plateau de Bandiagara, du pays des infatigables Dogons.

Au milieu desquels la capitale d'un petit royaume toucouleur, si elle a perdu son importance politique, a conservé l'austérité du petit sultanat théocratique. Dans cette Genève africaine, on est demeuré puritain, et ce n'est pas ici que les pâtres poètes chanteront comme dans la plaine la vache, le soleil et l'amour.

Et pourtant, ici comme ailleurs, l'Esprit continue à souffler où il veut et fait jaillir du sol pierreux les fleurs, les parfums et les flammes de l'Amour divin.

Le 19 février 1940 s'éteignait à Bandiagara un petit-neveu d'El-Hadj Omar, Bokar Sâlif, plus connu sous le nom de Tierno Bokar ou Maître Bokar. Tailleur-brodeur de son état, il se consacra surtout à l'enseignement religieux et connut au cours de ses dernières années la persécution parce qu'il appartenait à une branche de la confrérie tidjani mal vue de l'Administration.

J'ai visité à Bandiagara l'humble vestibule où le Maître réunissait ses disciples et où se passa en 1933, au cours d'une leçon de théologie, la scène suivante : un poussin d'hirondelle tombe d'un nid fixé au plafond. Tout attristé de l'indifférence générale, Tierno Bokar interrompit son exposé et dit : « Donnez-moi ce fils d'autrui. »

Il examine le petit oiseau qu'il venait d'appeler si humainement « fils d'autrui », reconnut que sa vie n'était pas menacée et s'écria : « Louange à Dieu dont la grâce prévenante embrasse tous les êtres. » Puis, levant les yeux, il constata que le nid était fendu et que d'autres petits risquaient encore de tomber.

Aussitôt, ayant demandé du fil, il grimpa sur un escabeau improvisé et raccommoda à l'aiguille le nid endommagé, avant d'y replacer l'oisillon.

Puis, au lieu de reprendre son cours, il dit : « Il est nécessaire que je vous parle de la charité, car je suis peiné de voir qu'aucun de vous n'a suffisamment cette vraie bonté du cœur. Et cependant quelle grâce ! Si vous aviez un cœur charitable, il vous eût été impossible de continuer à écouter une leçon quand un petit être misérable à tous les points de vue nous criait au secours et sollicitait votre pitié : vous n'avez pas été émus de ce désespoir, votre cœur n'a pas entendu cet appel.

« Eh bien, mes amis, en vérité, celui qui apprendrait par cœur toutes les théologies de toutes les confessions, s'il n'a pas de charité dans son cœur, ses connaissances ne seront qu'un bagage sans valeur. Nul ne jouira de la rencontre divine, s'il n'a pas de la charité au cœur. Sans elle, les cinq prières canoniques sont des gestes purement matériels sans valeur religieuse ; sans elle le Pèlerinage, au lieu d'être un voyage sacré, devient une villégiature sans profit.

« Si j'avais à symboliser la religion, je la comparerais à un disque en vannerie dont l'une des faces est amour et l'autre charité[1]. »

Un saint François soudanais ? Sans doute car (*El Hamdou Lillâh!* Louange à Dieu !) Teilhard ne s'est pas trompé : « Tout ce qui monte converge. »

---

1. Amadou Hampaté Bâ, *Vie et enseignement de Tierno Bokar, le sage de Bandiagara*, Seuil, 1980.

BALLADE

Paix, ô mon cœur : s'il faut, vers des cieux sans matin,
Pour un nouvel appareillage
Aventurer ce soir, dans l'ombre, ton destin,
Ta cargaison, ton équipage,
Ton âme à la tempête et ta nef au naufrage,
Ton œil éteint, ton corps meurtri...
Qu'importe ? Si l'Amour a blanchi ton sillage
Au souffle vainqueur de l'Esprit.

Sois, ô cœur fraternel, où frémit le divin :
Pour la gazelle un pâturage,
L'eau du poisson, le rouge osselet du devin,
La Kâba du pèlerinage,
Et le cloître du moine, et le temple du sage,
L'ivoire où Gautama sourit,
Le marbre, de Pallas animant le visage
Au souffle vainqueur de l'Esprit.

Accueillant, ô mon cœur, aux grâces du jardin,
Aux mouvants décors du nuage,
A la lente espérance, au désastre soudain,
Aux longs séjours comme au voyage,
Sois prêt à tout quitter, et l'âtre et le mouillage
A l'appel qui blesse et guérit :
La mort, demain, verra renaître ton courage
Au souffle vainqueur de l'Esprit.

Prince, entez sur mon cœur, timide, le message
Qui, pain vivant, a seul nourri
Tout peuple, toute foi, toute race et tout âge :
Le souffle vainqueur de l'Esprit.

(août 1946)

Chapitre 12

Une foi à repenser

Le domaine des convictions religieuses est un domaine d'une dimension considérable. Il pose, bien entendu, un certain nombre de problèmes puisqu'il s'agit pour l'homme de rechercher et de définir, quand il le peut, une conviction et une vérité. Je ne dis pas « la Vérité » car je ne suis pas certain d'être en mesure de la découvrir. On ne l'a que trop fait dans le passé, il convient d'être plus prudent et plus modeste et il faut aussi, ce qui est une science singulière, savoir ignorer.

Or, nous ne sommes pas tellement enclins à exprimer nos ignorances. On sait qu'à travers les siècles, beaucoup d'auteurs — beaucoup de théologiens en particulier — n'ont pas hésité à parler, sans trop de scrupules, des choses de la foi comme s'ils en détenaient le secret. Mais, dans certains domaines, il faut avouer qu'il y a des choses que nous ne savons pas et, peut-être même, que nous ne saurons jamais. C'est notre condition. Il faut l'accepter ouvertement et courageusement. En ce qui concerne la vie future par exemple, la vie dans l'au-delà, pouvons-nous affirmer des choses que, au sens précis du mot « savoir », nous ne « savons » actuellement pas ? Certes, saint Paul a dit des choses magnifiques sur la vie future et Notre Seigneur aussi a parlé de ce qui se passerait dans l'au-delà : « Il y a plusieurs demeures dans la Maison de mon Père[1]... », mais il ne suffit pas qu'une affirmation soit belle pour être vraie. De même, ce n'est pas parce qu'une foi est consolante qu'elle est vraie.

Foi et conscience

Certains ont dit autrefois, en caricaturant quelque peu William James, que la doctrine du pragmatisme équivalait à juger de la vérité de quelque chose d'après son efficacité. Il est peu probable que James lui-même ait jamais exprimé semblable opinion. Mais il a existé — et il existe peut-être encore — une tendance à penser que, parce qu'une chose était agréable à entendre, elle était, de ce fait, conforme à une vérité. Ce n'est pas évident. Et quand on n'est pas certain d'une chose, il vaut mieux avoir le courage d'avouer qu'on l'ignore.

Le grand Thoreau[2], l'ami d'Emerson, est mort jeune. Tout à la fin de sa vie, questionné sur la vie future, il avait

1. Évangile selon saint Jean, XIV, 2.

2. Penseur considérable, Thoreau a peut-être été un des précurseurs du respect de l'environnement et, probablement, le premier théoricien de la désobéissance civile : il a fait, pour motif de conscience, un jour de prison

répondu de façon charmante : « Un monde à la fois ! » On lui avait aussi demandé s'il était réconcilié avec Dieu. Il avait alors déclaré : « Je ne crois pas avoir jamais été brouillé avec Lui. » Il y a là une vraie et profonde honnêteté. La position de celui qui refuse d'affirmer quelque chose qu'il ne s'estime pas en mesure de savoir est une position courageuse et acceptable. Un de mes frères n'a pas accédé aux convictions de la religion chrétienne. C'était un homme d'une grande générosité, à la fois pour ses semblables et pour les bêtes auxquelles il a consacré les dernières années de sa vie. Il n'avait pas souhaité avoir un enterrement spécifiquement religieux. Mais il avait demandé, par écrit, que devant son cercueil fût donnée lecture de l'Hymne à la Charité[1].

C'était suffisant, et, à l'hôpital Cochin où il est mort, j'ai demandé à notre ami Emmanuel La Gravière de bien vouloir lire ce texte immortel qui reste un des plus grands de notre conviction religieuse.

Exégèses et commentaires

Nous avons été dotés d'une raison et d'une intelligence. Il est normal que nous en fassions usage, en reconnaissant,

---

à propos d'une taxe qu'il ne voulait pas payer parce qu'elle s'appliquait aux esclaves échappés.

1. Épîtres de saint Paul aux Corinthiens I, 13.

bien entendu, un certain nombre de conditions à ce dernier et les limites de nos connaissances lorsque nous commençons à réfléchir. Rien ne s'oppose donc à l'exercice de la raison affecté aux données de la foi. Ainsi, des œuvres comme celles de saint Augustin, celles de Jansénius, celles de l'Aquinate, celles de Calvin ou, simplement, la dogmatique de Karl Barth sont ce que j'appelle des cathédrales de la pensée. Il faut être plein de respect pour cet effort énorme que les penseurs ont consacré à méditer sur les données de leur foi mais, car il y a un mais, je ne peux admettre que ce qu'ils ont dit représente la « Vérité ». C'étaient des hommes comme les autres qui ont certes beaucoup réfléchi. Je ne sais pas si l'on imagine la masse énorme d'écrits qu'ont laissés ceux qu'on appelle les Pères de l'Église[1].

Ils ignoraient évidemment beaucoup de choses que nous avons apprises depuis. Ils ne savaient rien de la géologie, par exemple, ni de la paléontologie, ni des fossiles. Mais ils ont commenté l'Écriture sainte d'une façon extraordinairement étendue. Souvent avec beaucoup de naïveté d'ailleurs, versant parfois dans un allégorisme puéril. Cependant ils ont réalisé une œuvre colossale à laquelle on se réfère encore pour tenter de comprendre le développement de la pensée chrétienne. On peut malgré tout considérer que leur message n'était peut-être pas l'expression définitive de la

---

1. Il y a deux collections de patrologie. L'abbé Migne a colligé l'ensemble des deux, la grecque et la latine. Chacune d'entre elles représente à peu près deux cents volumes, in-quarto, sur deux colonnes. Avis aux lecteurs éventuels : elles se trouvent dans la grande salle de lecture de

foi chrétienne et, d'ailleurs, nul ne sait quelles étaient leurs opinions personnelles sur la validité de leurs conclusions.

On a ainsi à partir des Écritures, des textes évangéliques par exemple, formulé des conclusions qui, peu à peu, sont devenues tout autre chose que les Béatitudes ou le Sermon sur la Montagne, personne n'en doute. Et il en a résulté des formulations dogmatiques que l'on peut se permettre de considérer comme passablement différentes du message originel et original que le rabbi galiléen Yeshua nous a laissé. Si bien qu'on en est arrivé, au bout d'un certain temps, à la formulation d'un célèbre texte, le symbole de Nicée-Constantinople, largement inspiré par saint Athanase, et qui exprime de façon précise et philosophique[1] le dogme trinitaire qui est resté dans l'orthodoxie de la plupart des Églises chrétiennes.

Personnellement, je me dis volontiers chrétien pré-nicéen, c'est-à-dire un chrétien qui accepte tout ce qui a précédé cette formulation philosophique du dogme trinitaire, mais qui, en conscience, ne se sent pas capable d'adopter la grandiose formule dont mon père[2] disait de façon spirituelle : « Le symbole d'Athanase, je ne le récite-

la Bibliothèque nationale, à gauche en entrant. Vous avez là, d'un seul tenant, les deux patrologies de l'abbé Migne.

1. Il s'agissait de l'influence de la philosophie grecque sur le message palestinien. En 325, le premier concile œcuménique se réunit à Nicée, à l'initiative de l'empereur Constantin. Il rédigea le symbole de Nicée (ou règle de foi) et fixa la fête de Pâques.

2. Le pasteur Wilfred Monod.

rais pas au catalogue des vérités à croire, mais je le chanterais ! »

Le début est très beau : « Lumière de lumière, etc. », mais ce n'est pas nécessairement le texte qui exprimerait à la lettre l'essentiel de notre foi chrétienne[1].

D'ailleurs, on peut parfaitement vivre en chrétien authentique sans être versé dans la connaissance littérale et spécifique de l'histoire des dogmes. Ainsi, les écrits du frère Laurent de la Résurrection, ce merveilleux carme déchaussé du XVIIe siècle, sont d'une simplicité directe si étonnante qu'ils nourrissent encore aujourd'hui la piété de bien des chrétiens. Mais ce ne sont pas les textes d'un théologien, ni même de quelqu'un ayant des curiosités historiques, dogmatiques ou exégétiques[2]. Cet honnête frère Laurent disait que les pensées gâtaient tout ! Formule qui aurait fait sourire Spinoza, bien entendu.

Du bon usage des Écritures

Nous, protestants, renvoyons volontiers ceux qui nous interrogent sur le contenu de notre foi à la lettre des Écri-

1. Les chrétiens non trinitaires sont appelés unitariens. Ils acceptent les textes évangéliques et notamment le Nouveau Testament, sans aller jusqu'à la formulation du dogme trinitaire du concile de Nicée.

2. « Le temps de l'action, disait-il, n'est point différent de celui de l'oraison : je possède Dieu aussi tranquillement dans le tracas de ma cuisine, où quelquefois plusieurs personnes me demandent en même temps des choses différentes, que si j'étais à genoux devant le Saint-Sacrement...

tures. Ce n'est pas si simple en réalité. L'Écriture, le Nouveau Testament en particulier, n'est pas un Coran tombé du ciel tout fait. C'est une bibliothèque dont les textes s'échelonnent sur un laps de temps si considérable que nos frères catholiques nous disent : « Vous opposez la tradition aux Écritures, mais, dans vos Écritures, il y a déjà une tradition ! » En effet, combien d'années se sont-elles écoulées entre la mort du rabbi Yeshua et les Épîtres aux Thessaloniciens par exemple, ou l'évangile de Marc ou, à plus forte raison, celui de Jean ? Personne ne le sait exactement mais il est vraisemblable qu'il s'est écoulé plusieurs dizaines d'années. Et pendant tout ce temps, le témoignage des compagnons de Jésus a été répété, transmis, oralement au début, sous des formes différentes. Tout ceci constitue déjà un début d'évolution des constatations qu'avaient faites les premiers témoins de la vie et de la mort de Jésus de Nazareth. Les choses se sont ainsi peu à peu codifiées, les générations ont passé, les premiers témoins ont disparu, et ces documents ont été réunis petit à petit, tant bien que mal, et peut-être pas toujours de la façon la plus habile d'ailleurs. Il y a, à l'intérieur de ces textes, des variantes sur beaucoup

---

Il n'est pas nécessaire d'avoir de grandes choses à faire, je retourne ma petite omelette dans la poêle pour l'amour de Dieu ; quand elle est achevée, si je n'ai rien à faire, je me prosterne par terre et adore mon Dieu de qui m'est venue la grâce de la faire, après quoi je me relève, plus content qu'un roi. »

de points, parfois difficiles à comparer, comme les deux généalogies du Christ par exemple[1].

Ces textes du Nouveau Testament appartiennent donc à une époque déterminée. Il est assez frappant de constater que certaines des convictions qui sont actuellement les nôtres ne figurent littéralement pas dans les textes scripturaires.

A dire vrai, il n'y a rien dans le Nouveau Testament de spécifiquement hostile à l'esclavage, ni à la torture, ni à la guerre ! En ce qui concerne l'esclavage, par exemple, le mot revient plusieurs fois dans le Nouveau Testament — dans de beaux textes d'ailleurs : « ni juifs, ni grecs, ni esclaves, ni libres, etc.[2] ».

Il y a ainsi une charmante épître de Paul à Philémon, avec un jeu de mots sur le nom d'un esclave échappé que l'apôtre renvoie à son maître, dans des termes véritablement évangéliques, mais le système lui-même n'est pas spécifiquement condamné.

---

1. Le petit livre qu'André Malet consacre aux Évangiles de l'enfance (*Les Évangiles de Noël, mythe ou réalité*, Berger-Levrault, 1970.) croit pouvoir nous expliquer qu'il y a là trois traditions différentes et juxtaposées qu'on a essayé de réunir pour en faire un tout. Mais Marc n'en parle pas, Jean n'en parle pas, Paul n'en parle pas, soit qu'ils les aient ignorées, soit qu'ils n'aient pas éprouvé le besoin de nous en parler. Il n'importe : ce sont des textes magnifiques et poétiques que nous conservons précieusement dans notre Nouveau Testament, sans leur donner, peut-être, la valeur proprement historique que l'on pourrait accorder à des récits d'autres sources et plus précis : ce sont pour nous *des histoires*, ce n'est pas nécessairement *de l'Histoire*.
2. Épitres de saint Paul, Galates III, 28.

Des exemples de ce genre sont, bien entendu, innombrables et cela doit nous inciter à être prudents dans l'acceptation de certains détails à l'intérieur de ce Nouveau Testament qui reste la base de nos convictions, quelle que soit la forme sous laquelle nous souhaitons aujourd'hui les exprimer.

Il existe beaucoup de chrétiens « littéralistes ». Ce sont des chrétiens qui prennent l'Écriture sainte au pied de la lettre, jusque dans ses plus petits détails. On les appelait autrefois des *« Théopneustes »*. Aujourd'hui, on dit plus simplement des fondamentalistes ! Une des devises de ces frères fondamentalistes est « Jésus-Christ tout entier dans la Bible tout entière ». Voilà une définition que, personnellement, je récuse parce qu'après tout, il est difficile de trouver Jésus-Christ tout entier dans le Livre des Juges ou dans le Livre d'Esther. Ce dernier, par exemple, n'est pas très moral quand on y regarde de près. Il semble que ce soit le seul livre de la Bible dans lequel le nom de Dieu ne figure pas. Et puis, cette histoire d'une fille qu'on fait macérer dans les aromates avant de la livrer au sultan pour qu'elle puisse ensuite provoquer un pogrom dont, pour une fois, les juifs n'étaient pas eux-mêmes les victimes, ça ne me semble pas un récit extrêmement édifiant !

Alors, il faut faire des distinctions et chercher dans l'Écriture sainte ce qui nourrit notre foi et notre conviction. Ce ne peut être Jésus-Christ tout entier dans la Bible tout entière, ce n'est pas possible. La Bible est une vaste littérature où il y a de tout, des choses magnifiques, Dieu merci, des choses contestables, des choses révoltantes également.

C'est parce que les êtres humains sont ainsi ; ils étaient déjà ainsi autrefois, ils le sont encore maintenant...

Du rabbi Yeshua au Pantocrator

Cette aventure est véritablement singulière. Le rabbi Yeshua, vers le début des années 300, se trouve promu à la dignité de divinité. Et l'on voit apparaître dans les textes de cette époque une expression qui, si on la prend au sérieux, est proprement stupéfiante ; l'excellente mère de famille dont est issu Notre Seigneur est qualifiée de *theotokos*, ce qui veut dire « mère de Dieu », Dieu conçu comme celui du cosmos, comme celui de la Création. Comment pouvoir affirmer que cette femme ait été la mère du Créateur ? Personnellement, j'aurais beaucoup de mal à accepter ce vocabulaire. Mais, à partir du moment où l'Église ancienne l'a accepté, tout le reste en a découlé et, après le concile de Nicée, notre rabbi galiléen est devenu la deuxième hypostase de la Trinité et le *Pantocrator* de l'iconographie byzantine ! Tout ceci n'est-il pas tout à fait surprenant[1] ?

Jésus aurait-il soupçonné qu'il serait fait Dieu, tôt ou tard ? C'est un problème qu'on résoudra comme on peut...

1. L'un de mes oncles, Auguste Hollard, qui n'était pas théologien mais chimiste, a écrit tout un livre intitulé *L'Apothéose de Jésus* pour tenter, non pas d'expliquer, mais de retracer les étapes de cette prodigieuse divinisation.

Je n'en suis pas personnellement persuadé, pas plus que je ne le suis que Jésus-Christ a fondé une Église ni même une secte. On connaît le mot célèbre d'Alfred Loisy : « On attendait le Royaume et c'est l'Église qui est venue... »

L'histoire de Jésus est difficile à comprendre, il nous manque beaucoup d'éléments. Les simples affirmations des premiers témoins ne suffisent pas toujours à nous convaincre de la réalité de tel ou tel fait[1].

Et puis, il y a des passages qui relèvent davantage de l'allégorie ou des mythes que de l'Histoire, naturellement. Les récits des fondateurs, les récits de la création, etc., sont extrêmement intéressants, bien entendu, sur la façon dont ces gens d'autrefois s'imaginaient les choses. Mais l'Écriture n'est pas un manuel de paléontologie ou de géologie, c'est beaucoup plus : c'est quelque chose destiné à nous enseigner des vérités morales.

Des « vérités à croire... »

On a, dans le passé, un peu trop rédigé le catalogue de ce qu'on appelle « les vérités à croire ». On disait aussi,

1. Il est paru un petit livre de Daniel Marguerat, professeur à la faculté de théologie de Lausanne. Il s'intitule *L'Homme qui vient de Nazareth* et porte en sous-titre *Ce que l'on peut savoir aujourd'hui de Jésus*. C'est un ouvrage extrêmement substantiel et très informé. Voici les interrogations qu'il formule et qui nous font connaître le contenu de ce livre : « Quel homme était Jésus, petit ou élancé ? avait-il le parler sec, le geste rond ? était-il chauve ou barbu ? avait-on du plaisir à discuter avec lui ? » Et puis

heureusement : « les vertus à pratiquer »... Mais les vérités à croire, c'est à chacun d'entre nous de les découvrir et ce n'est pas nécessairement facile. Et c'est notre honneur de nous savoir responsables de ce que nous allons croire, au lieu de répéter « ce que je crois, allez le demander à Rome », ou même « ce que je crois, allez le demander à la Bible ». Nous sommes des êtres raisonnables, adultes, et notre foi n'en sera que plus personnelle et plus forte si elle est le résultat, non pas d'une simple répétition de ce qu'on nous enseigne à accepter, mais celui d'une conviction. Car la foi est une conviction. Dans le célèbre verset « Dieu a tellement aimé le monde qu'il a donné son Fils unique, afin que quiconque croit en Lui ne périsse point mais qu'il ait la Vie éternelle[1] », mon père hésitait sur ce verbe « croire ».

Il disait parfois : « afin que quiconque met sa confiance en Lui ». Il y a là une différence qu'il tenait à souligner par cet emploi d'une expression qui n'est pas celle de la traduction habituelle.

« avait-il attendu le royaume de Dieu pour tout de suite ? savait-il qu'il allait mourir et qu'on le ferait Dieu ? avait-il prévu que l'Église viendrait ? » C'est un livre que je recommande, il est bien écrit, très vivant et même pittoresque par endroits. Il dit les choses de façon claire et laïque si j'ose m'exprimer ainsi, en tout cas simple et sans nous assener des vérités définitives auxquelles nous serions contraints d'acquiescer.

1. Évangile selon saint Jean, III, 16.

Bible et sciences naturelles[1]

Un grand prédicateur protestant, ramassant un jour une noix verte, en tirait, dit-on, cette conclusion : « L'Écriture nous dit : vous reconnaîtrez l'arbre à son fruit... Ceci est une prune, donc cet arbre est un prunier... »

C'était, semble-t-il, mêler avec quelque imprudence des domaines bien différents, au risque de faire tout ensemble de saine théologie mais de pauvre botanique.

Pour beaucoup, le titre même de ces pages, « Bible et sciences naturelles », pourra comporter quelque chose d'insolite, et comme ils s'étonneraient de voir rapprochés des termes tels que « Coran et astronomie » ou « Baghavad Gita et physique nucléaire », ils se demanderont dans quelle mesure on peut légitimement associer les sciences de la nature, telles que nous les concevons aujourd'hui, et l'Écriture sainte.

Par ailleurs, de nombreux esprits, sincèrement attachés à la foi traditionnelle, et souvent à la lettre même du document scripturaire, s'inquiètent de voir certaines acquisitions de la biologie, de la préhistoire, de la paléontologie humaine, de la géologie paraître contredire un texte sacré tenu parfois pour infaillible même en pareilles matières.

Le malaise existe, évident. Mais on doit se demander s'il ne reposerait pas sur un malentendu, sur une notion imparfaite de la nature véritable des écrits sacrés. Car le

---

1. Cette partie, « Bible et sciences naturelles », est parue originellement dans *La Bible jour après jour*, n° 116 bis, mars 1950.

dilemme demeure formel : ou la Bible est *aussi* un manuel scientifique — et alors des affirmations irréconciliables avec les faits acquis vont poser de redoutables problèmes, ou la Bible est, avant tout, même à travers ses pages d'apparence documentaire, principalement historiques d'ailleurs, une révélation religieuse, et dès lors, là où le Livre ignore ce que l'on aura découvert depuis, qui songerait à s'en inquiéter ?

Un catholique l'écrivait : « La Bible et la Révélation n'ont pas la prétention d'apporter à l'intelligence humaine une science poussée de la nature visible : si elles contiennent quelques affirmations relatives à des faits sensibles, il s'agit uniquement des données les plus élémentaires de l'observation ordinaire, nullement de faits nouveaux qui seraient restés ignorés sans leur témoignage[1]. »

La Bible n'a pas pour objet de nous faire connaître ce que peut seule nous révéler une patiente observation, une recherche attentive, une instrumentation délicate. Elle veut par contre nous inspirer, à l'égard de ces faits, une attitude, elle nous enseigne une optique, une perspective particulières, elle nous place dans un climat spirituel défini : et cela, dirait Pascal, est « d'un autre ordre ».

Si la Bible n'est pas, et ne prétend nullement être, un traité de biologie, on peut cependant y trouver sans peine de nombreuses notes d'histoire naturelle, tout un herbier, tout un bestiaire, par exemple, et auxquels les érudits ont consacré, au cours des siècles, une énorme littérature, en s'ingéniant, en particulier, à identifier les termes hébreux

---

1. *Rencontres scientifiques*, 1948, p. 215.

ou grecs désignant animaux et plantes. Un ouvrage[1] énumère, par exemple, 181 espèces botaniques mentionnées par la Bible. Faute de renseignements suffisants, ces identifications sont très souvent aussi douteuses que les traductions sont fantaisistes : la « pomme » du jardin d'Éden n'est pas une pomme, pas plus que celle du Cantique II, 3 qui serait un abricot, l'hysope de Jean XIX, 29 serait un sorgho et celle de I Rois, IV, 33 une marjolaine, les « lis des champs » sont des anémones, la « rose » d'Esaïe XXXV, 1 serait un narcisse, mais celle de l'Ecclésiaste XXXIX, 13 un laurier-rose, etc. On n'empêchera pas la curiosité du botaniste de chercher à savoir, et de s'irriter de n'y pouvoir parvenir. Mais ce sont des détails sans importance au point de vue religieux. La botanique et la zoologie de la Bible sont celles de l'époque, à la fois locales et datées, ce dont nul ne songerait à s'étonner. Leurs incertitudes, voire leurs erreurs, ne nous troublent pas et si le daman et le lièvre du Lévitique ruminent, cela ne suffit pas à obliger les vrais à les imiter.

Il est donc sage de faire, résolument, ouvertement, la part de l'éternel et de ce qui porte la marque d'une époque, d'un stade, dépassé depuis, de la connaissance humaine. S'y refuser ce sera ou accepter une infaillibilité littérale difficilement compatible avec ce que nous savons aujourd'hui ou vouloir à tout prix, fût-ce au prix d'une exégèse parfois hautement fantaisiste, découvrir dans le texte sacré les acquisitions de la science moderne. De pieux musulmans

1. H. N. Moldenke, *Plants of the Bible*, 1940.

veulent trouver l'électricité dans le Coran. Serait-ce respecter nos livres saints que d'en interpréter les affirmations avec une excessive ingéniosité, de façon à les obliger à cadrer avec des découvertes scientifiques bien ultérieures ?

Un problème domine tous les autres, celui des origines, celle du monde visible, celle des espèces animales ou végétales, celle de l'homme. Pendant longtemps, le texte biblique avait pu être tenu pour littéralement conforme à la réalité objective, géologique, biologique, historique. L'ancienneté de l'homme était insoupçonnée et la « date » de la création était connue : 4004 avant Jésus-Christ. Les fossiles n'étaient que des *lusus naturæ*, des « curiosités » sans importance, et la salamandre géante du miocène d'Œningen passait pour un « homme témoin du Déluge »...

Depuis, nous avons appris bien des choses et la paléontologie est née, nous apportant la double révélation et de l'évolution organique dans son ensemble, de la pathétique aspiration de la vie, à travers mille ébauches et mille tâtonnements vers la conscience et vers l'esprit — et de l'humble origine, zoologiquement parlant, de l'homme. Encore que les faits apparaissent de plus en plus complexes, au fur et à mesure que les découvertes se multiplient, il semble bien que l'on puisse dans l'état actuel, et nécessairement provisoire, de nos connaissances distinguer à partir de l'anthropoïde primitif du tertiaire trois stades principaux, les Préhominiens, les Neandertaliens, les hommes modernes, à la naissance desquels il est d'ailleurs possible que plusieurs phylums antérieurs distincts aient participé.

L'archéologie préhistorique comme la paléontologie humaine font chaque jour de nouveaux progrès, qu'aucun esprit religieux ne songerait à nier, ou même à regretter. Il est à cet égard significatif de voir un manuel de préhistoire, ayant deux prêtres pour auteurs, paraître revêtu de l'*imprimatur*.

D'ailleurs, à qui sait y regarder à la fois d'assez près et d'assez haut, comment ne pas souscrire à ces mots d'un penseur chrétien, doublé d'un savant authentique, le père Teilhard de Chardin : « Trop de gens s'imaginent que la préhistoire abaisse et détourne dangereusement nos yeux vers le bas et en arrière, vers le spectacle déprimant de quelque " sous-humanité " animale. Juste à l'opposé, son véritable effet est de forcer notre regard à se porter vers le haut et en avant, dans l'attente d'une " sur-humanité " dont nous ne pouvons encore dire qu'une chose : c'est qu'elle ne parviendra à se former que si nous développons jusqu'au bout, nous-mêmes, les énergies exceptionnellement puissantes d'organisation dégagées par une sympathie interhumaine et les forces de religion[1]. »

Notre respect pour les Écritures, l'autorité de celles-ci se mesurera-t-elle à la concordance qu'elles devraient présenter avec les acquisitions de la science ? N'est-ce pas leur accorder un fondement bien fragile, quand le progrès de nos connaissances risque d'accentuer l'écart séparant celles-ci du récit traditionnel ? On peut sans doute, et beaucoup l'ont tenté, chercher une solution au problème dans

1. « La question de l'homme fossile. Découvertes récentes et problèmes actuels », *Psyché*, 1948.

un recours à une interprétation du texte de plus en plus symbolique, de moins en moins littérale.

Ne serait-il pas plus honnête, plus courageux, plus conforme peut-être aux exigences d'un Dieu de vérité, de reconnaître dans le texte sacré à la fois le produit d'une époque, avec ses légitimes ignorances, et le véhicule de la révélation, sans qu'il nous faille nécessairement, et sur chaque point, accepter côte à côte, simultanément, et sur le même plan le plus haut enseignement religieux, normatif, définitif, et le point de vue, à bien des égards périmé, du folklore sémitique ?

Ce prétendu conflit de la science et de la foi, si je le considère comme né d'un tragique malentendu, c'est qu'il semble reposer sur une confusion séculaire, et savamment entretenue trop souvent des deux côtés. A partir du moment où l'on admet que la tradition religieuse, au lieu d'apporter à la pensée humaine des faits scientifiques, l'engage dans une attitude particulière à l'égard de ceux-ci, fournit un aliment à la méditation qu'ils font naître, prolonge de simples constatations en réflexion morale, en vie spirituelle et, couronnant tout l'édifice, conduit le savant au seuil du mystère, c'est l'horizon tout entier qui s'éclaire : l'observateur est devenu un adorateur.

Face aux découvertes de la science, la foi n'a rien à craindre tant que, fondée sur « la seule chose nécessaire », elle sait échapper aux fragiles appuis du secondaire et de l'accessoire. La science de son côté, recherche, tout autant que la foi, de la vérité mais dans un domaine différent, n'a rien à craindre d'une religion respectueuse du labeur de la découverte du cosmos, renonçant à incliner vers ses propres solutions une quête dont les méthodes lui échappent, mais venant éclairer, réchauffer, enrichir d'une connotation morale et spirituelle nouvelle une connaissance du monde sans elle incomplète, inanimée, glaciale, voire périlleuse : « Science sans conscience est la ruine de l'âme. » La vue du monde moderne nous le prouve assez. Avec la nécessité d'une autorité religieuse, celle qui parle à travers la Bible, et seule capable de poser sur le front d'un homme encore par tant de liens enchaîné à ses humbles origines physiques, avec l'aigrette de feu de la loi morale, le « nom nouveau » qui distingue désormais, parmi toutes les créatures, celle que Dieu appelle aux promesses, aux certitudes, aux révélations de la vie la plus haute, celle de l'Esprit.

Science et foi

J'ai eu le privilège de bien connaître Teilhard de Chardin. Il avait fort bien compris que la destinée humaine fonctionne à deux niveaux, horizontalement et verticalement, pourrait-on dire, pour employer une image géométrique. Il se disait lui-même « fils de la terre et enfant du ciel ». « Fils de la terre » faisait allusion à son goût pour les roches, pour les cailloux et les fossiles, et « enfant du ciel » donnait l'autre dimension, celle qui ouvre sur un autre monde.

Le Père Teilhard à Théodore Monod

25 août 1947

[...] Vous savez qu'à mon idée (comme à la vôtre, j'imagine) l'Homme est encore loin d'être terminé, — d'autant moins qu'il semble en passe de mettre la main sur certains ressorts (découverts par réflexion collective) qui vont lui permettre de se faire évoluer lui-même (forces d'« auto-évolution »).

En ce qui concerne les énergies morales et mystiques, je suis persuadé que nous allons être de plus en plus conduits à leur reconnaître place et fonction biologiques. Et ceci justement parce que l'évolution « hominisée », devenant réfléchie, exige d'être soutenue et alimentée par un élan ou goût intérieurs dont pouvait apparemment (?) se passer la Vie préhumaine, mais qui va devenir désormais de plus en plus essentiel à l'Évolution dans sa phase de rebondissement réfléchi, à partir de l'Homme. D'une façon générale je ne pense pas que l'Homme puisse continuer plus longtemps à s'organiser techniquement sur soi sans développer une morale et une « foi » appropriées. Ce qui revient à dire qu'une certaine morale et une certaine mystique vont renaître, non plus seulement à titre de vertus ou valeurs spirituelles plus ou moins « flottantes » sur le processus évolutif, mais à titre de « conditions de survie (et de super-vie) » parfaitement déterminées. Il se dessine là une articulation tout à fait curieuse et inattendue entre Physique, Biologie, Éthique et Mystique. De ce point de vue, Éthique et Mystique se ré-enracinent profondément dans le Cosmique par leur base, — sans du reste perdre le moins du monde leur tendance à émerger de la « Matière » et à s'en détacher (comme la conscience humaine elle-même) par sublimation et autonomisation sur un Idéal progressivement découvert et individualisé.

Je voudrais relire, de cet angle, les pages de Sabatier que vous m'avez communiquées (je les ai laissées à Paris). Il est indubitable que le Christianisme, par sa croyance audacieusement maintenue (et audacieusement modernisée) en une totalisation de l'Univers sur et dans du Personnel (par forces d'amour) est la seule Morale et Mystique en vue capable d'animer (tel que nous l'entrevoyons) le phénomène de superhominisation. Mais il y a encore beaucoup à penser là-dessus, et surtout beaucoup à expérimenter et à vivre. J'ai souvent l'impression que les hommes végètent actuellement dans l'attente du nouveau « Saint » qui viendra leur donner la formule vécue, et l'exemplaire d'une forme d'adoration et de perfection qu'ils pressentent sans arriver à se la formuler. [...]

27 mai 1950

[...] Je sais que vous comprenez que ce succès n'a d'intérêt pour moi que dans la mesure où il me donne une meilleure plate-forme pour dire ce que je pense du grand événement de notre temps : non pas « la mort de Dieu » comme pensait Nietzsche — mais un changement profond (et terriblement excitant) dans la face de Dieu. [...]

6 décembre 1950

[...] Je continue à penser, causer, écrire (et prier, tout de même, aussi) de mon mieux. En fait, je me préoccupe assez peu du détail des manifestations de Rome (qui ne concernent pas directement « les chercheurs ») et je crois que mon devoir chrétien et humain est de consacrer tout ce qui me reste de vie à l'effort de découvrir (en fidèle prolongement du « phylum » chrétien) la face nouvelle de Dieu que le Monde autour de nous cherche avidement et désespérément à voir (et faire) apparaître, afin d'avoir l'immense joie et force de pouvoir adorer pleinement. Car, ainsi que je l'écrivais dernièrement à un ami, ce n'est pas (à mon avis) d'athéisme que souffre en ce moment la Terre ; mais bien de « théisme insatisfait » et comme « rentré »... En vérité, et sous une forme parfaitement orthodoxe, je crois qu'on peut dire que, pour nos yeux, — et c'est là peut-être le plus grand événement moderne — « Dieu change » de dimensions et de teintes. L'En Haut tend à se lier indissolublement avec un En Avant. Je vous ai déjà dit cela, je crois. Mais de plus en plus cette perspective si simple me hante, — et elle me grise.

Bonne chance pour vos multiples entreprises ! Et merci pour votre sympathie (sur tous les plans) que je sens, et qui me fortifie énormément.

Je tiens en réserve pour vous un certain nombre de nouveaux Essais. [...]

4 septembre 1951

[...] Tout cela me renforçant finalement, par-delà et à travers les Australopithèques et les socles continentaux, dans une conviction passionnée que l'Humanité est obscurément en train de découvrir (ou de voir se découvrir) une nouvelle face de Dieu : le Dieu-évoluteur d'une Cosmogénèse, — en place du Dieu — « créateur » d'un Cosmos aristotélicien.

Nous reparlerons de tout cela quelque jour, j'espère. — Vous êtes un des rares avec qui on puisse chrétiennement tout penser, et tout dire. [...]

26 juin 1952

[...] Vous êtes *the man* avec qui j'aurais aimé parler en ce moment : le seul homme peut-être parmi ceux que je connaisse qui ait à la fois et également en lui le sens de (et le *craving for*) l'En Haut et l'En Avant.

[...] Je souhaite que, d'une façon ou de l'autre, la vie nous rapproche vous et moi, — et nous donne de penser, ou même de « témoigner » ensemble. Pouvoir témoigner une fois pleinement dans sa vie, — et mourir là-dessus : quelle grâce !...

En fidèle affection.

Teilhard

Ces deux directions m'ont toujours paru décrire de façon adéquate l'activité du chercheur, et je crois que beaucoup d'autres biologistes seraient prêts à souscrire à cette affirmation. Peut-être y a-t-il d'ailleurs un passage entre les deux mondes, et Teilhard avait lui-même fini par penser que l'esprit est déjà présent dès l'état de matière inerte.

Je ne vois donc pas en quoi un chrétien serait gêné par la découverte de l'évolution biologique. Evidemment, nous ne pouvons plus prendre le texte de la Genèse pour un traité de géologie ou pour une description exacte de ce qui s'est passé, d'autant plus que le mot « jour » y est purement symbolique et ne correspond pas du tout, même s'il est transformé en période, à ce que l'on sait aujourd'hui de la formation de la Terre et du développement de la vie.

Je ne pense pas qu'il faille faire intervenir quoi que ce soit d'extérieur à un niveau quelconque de cette évolution. Il suffit qu'à l'origine de ce dispositif, une pensée se soit manifestée à l'intérieur de la matière, orientée d'une certaine façon, pour que tout le déroulement ultérieur s'ensuive. C'est ce qui me semble le plus vraisemblable, parce qu'il est difficile d'imaginer la thèse de créations successives.

Tout se tient à l'intérieur du monde vivant, et peut-être même à l'intérieur du monde tout court. Si l'on admet qu'il y ait eu quelque « chose » (le mot est mal choisi) à l'intérieur des premiers êtres vivants, modestes organismes unicellulaires très primitifs, qui ait provoqué chez eux une tendance, un « élan », ou même une fraction de cet élan, alors tout le reste suit, et principalement le déroulement de cette fresque extraordinaire qu'est le développement de la vie sur terre.

Cette idée de l'unité du monde vivant, même si les philosophies antiques ont pu en avoir conscience, n'a été mise en évidence que très récemment par les scientifiques, et sa réalité biologique est très nouvelle. Les éléments de notre connaissance scientifique vont certainement faire avancer ce concept, car aujourd'hui nous savons que tout vient d'une base unique, avec la montée de cette arborescence qu'est l'évolution, et la conscience accrue que notre planète forme un tout, elle-même insérée dans un autre tout plus vaste, et que nous-mêmes, en tant qu'individus, ne constituons qu'un tout petit élément de cette chaîne.

Je cite souvent Francis Thompson, un poète anglais qui disait : « Celui qui cueille une fleur dérange une étoile ». Et j'ai découvert depuis que Victor Hugo, dans *Les Misérables*, avait exprimé exactement la même idée : « Aucun penseur n'oserait dire que le parfum de l'aubépine est inutile aux constellations. » Cela va très loin, c'est le signe de l'unité des choses et des êtres.

Tout se tient à l'intérieur du cosmos et c'est une idée magnifique, à mon avis, à laquelle nous aurions bien besoin de réfléchir pour pouvoir mettre notre conduite en accord avec cette admirable découverte.

Ce qui est prodigieux également, c'est l'unité du monde vivant, non seulement au niveau des noyaux des cellules, mais jusque dans des détails infimes. Par exemple, le nombre d'éléments qui composent les flagelles[1] est identique chez tous les êtres vivants, algues, animaux, cellules, mobiles de toutes sortes.

Que cette solution, une fois adoptée, se retrouve, et cela sur bien des millions d'années, dans toute la série du monde vivant, confond l'imagination.

Cette montée de la vie dans son ensemble s'accompagne, pour Teilhard et pour d'autres, d'une montée de l'esprit, sous des formes à définir, bien sûr. Par exemple, le degré de liberté d'un organisme paraît s'accroître au fur et à mesure que l'on avance dans l'échelle morphologique des êtres, et l'on ne peut pas considérer qu'il y ait dans une éponge le même degré de liberté que chez un primate. Les points de départ sont vraiment très différents, et pourtant les éponges sont issues d'un des rameaux qui se trouvent à la base de l'arbre de vie, et ces organismes sont parfaitement adaptés aux divers milieux qu'ils colonisent.

On peut remarquer toutefois l'absence d'états intermédiaires entre les grands types organiques. On a constaté

1. Un flagelle est un petit organe qui est utilisé pour la propulsion par des cellules ou des êtres unicellulaires. Par exemple, des algues unicellulaires se déplacent grâce au fonctionnement d'un flagelle. Les spermatozoïdes des vertébrés, des mammifères en particulier, se déplacent également grâce à la possession d'un flagelle. Et on a découvert qu'un flagelle est soutenu par un certain nombre de fibrilles et que ces fibrilles étaient en même nombre, à la fois chez une algue unicellulaire et chez un spermatozoïde de mammifère. Il y a bien d'autres preuves mais cela prouve à quel point le monde vivant constitue une unité, qui doit être sentie comme telle et, par conséquent, respectée par l'homme.

cela depuis très longtemps, à tel point que Vialleton aboutissait à des conclusions anti-transformistes. Certains considèrent qu'on ne les a pas trouvés parce qu'il n'y en a jamais eu. Et il est vrai que l'on n'a jamais vu d'intermédiaire entre un ver polychète et un arthropode. Faut-il revenir pour autant à l'idée des créations successives ? On assiste actuellement à un certain renouveau du créationnisme aux États-Unis. C'est d'ailleurs une doctrine qui est enseignée dans ce pays. Après tout, on a le droit de la faire connaître, mais personnellement, j'y vois surtout une application beaucoup trop littérale des textes bibliques. L'origine de ces doctrines fondamentalistes s'appliquant à l'évolution relève d'une attitude beaucoup trop étroite, puisque pour les créationnistes, chaque voyelle de la Bible a un sens, a été inspirée et représente La Vérité.

Je ne crois pas pourtant que ce soit dans cette direction-là que nous puissions voir l'ensemble du dispositif dans lequel nous sommes forcés de nous trouver. Je crois même que l'idée d'évolution est beaucoup plus belle, plus grandiose, plus exaltante que ce recours à un pointillisme de créations successives, un peu au hasard. On ne peut plus échapper aujourd'hui à la nécessité de conclure au transformisme. En fait, pour expliquer l'absence des chaînons manquants, on a surtout pensé que les intermédiaires étaient rares. Le passage a été « géologiquement » rapide, et cela peut expliquer que l'on ne trouve pas ces chaînons manquants. La transition aurait été constituée par un petit groupe d'individus dont les mutations auraient ouvert la voie à un stade suivant.

L'explication de la façon dont l'évolution a fonctionné est un problème tout à fait différent. Il y a les faits, indéniables, et les théories. Aujourd'hui, les doctrines s'affrontent encore, et l'hypothèse du déterminisme a été fortement attaquée ces dernières années, pour toute une série de raisons. Après tout, Darwin, pour génial qu'il ait été, ne résout pas forcément les problèmes qui se posent à celui qui se penche sur l'ensemble de l'évolution. Mais il a ses partisans, et les néodarwinistes anglo-saxons ont créé une sorte d'orthodoxie, une chapelle. Si l'on n'adhère pas au dogme formulé par les tenants de cette théorie, on est mal vu. C'est pour cela que certains biologistes, comme le professeur Grassé, pour ne pas le nommer, qui a conservé toute sa vie une liberté d'esprit vis-à-vis du néo-darwinisme, a été parfois méconnu par certains de ses collègues anglo-saxons qui croyaient avoir découvert la solution, comme s'il n'y en avait qu'une.

Je l'ai toujours fait remarquer, il y a quand même des phénomènes qui résistent à l'explication orthodoxe. On cite souvent l'exemple du phacochère, qui naît avec des callosités au genou, à l'endroit précis où il va s'agenouiller pour fourrager dans le sol et trouver sa nourriture. Alors que l'on nous affirme que les caractères acquis ne sont pas héréditaires, cet exemple vient s'inscrire en faux. Et il en existe bien d'autres.

Il faut espérer que toutes ces formes de la vie infiniment diversifiées pourront continuer à évoluer spontanément, mais nous ne savons pas du tout dans quelle direction. Nous ignorons même dans quelle direction va l'évolution de l'homme, et même si elle va se poursuivre. Certains scientifiques pensent que l'évolution physique de l'homme est achevée. On en discute beaucoup, mais il est très possible que dans 500 000 ans, s'il y a encore des hommes, ils soient morphologiquement quelque peu différents de ceux d'aujourd'hui. On peut penser cependant que les modifications éventuelles qui pourraient avoir lieu dans un avenir très lointain ne porteront que sur des détails. Ces transformations interviendraient soit par perte de certains organes à la suite d'un non-usage, soit par des acquisitions nouvelles, comme l'amélioration de la protection de l'œil, par exemple. Le pied peut se modifier également, la denture aussi, car étant donné le régime alimentaire des hommes, elle ne nécessite pas de canines très développées, ni de fortes molaires broyeuses. L'homme pourrait se contenter d'un bec comme celui des tortues, c'est assez efficace et très puissant... Et puis je ne crois pas que les tortues aient besoin d'aller très souvent chez le dentiste et, à certains égards, c'est mieux, et surtout moins douloureux.

Il serait d'ailleurs intéressant de savoir dans quelle mesure les populations qui vivent encore d'une façon largement naturelle sont soumises comme nous aux dégâts de la denture. J'ai lu quelque part que les Esquimaux avaient commencé à souffrir des dents à partir du moment où l'on avait introduit le sucre dans leur alimentation, alors que jusque-là leurs dents leur servaient d'outil. Les vieilles dames, et les moins vieilles aussi, étaient chargées de mâcher les peaux pour les assouplir. Et la peau de phoque, c'est très dur, il vaut mieux avoir une forte denture pour en venir à bout. Forte et saine. Des bonnes dents, en quelque sorte.

Mais il est très difficile de prendre parti pour l'une ou l'autre de ces hypothèses. Toutefois, à partir du moment où la dimension du temps est prise en compte, il peut arriver bien des choses encore dans l'avenir.

Ne prétendons donc pas tout savoir, restons humbles. Il faut demeurer modestes dans ce genre de discussion, comme je le disais précédemment. Nous ne savons pas tout. Peut-être même ne le saurons-nous jamais. Et si nous ne savons pas, reconnaissons-le. C'est très orgueilleux que de vouloir absolument avoir réponse à tout. Il est possible que les serrures de la nature s'ouvrent avec plusieurs clefs différentes. Peut-être que les uns et les autres ont partiellement raison, les uns sur tel point, les autres sur tel autre. Autrement dit, sachons attendre. Et nous finirons, ici ou ailleurs, par obtenir les lumières que nous ne possédons pas pour l'instant. Mais il est prématuré de prétendre connaître toutes les réponses, car nous en sommes très loin.

On peut remarquer que plus le domaine de la recherche s'enfle — imaginez un ballon qui se gonfle —, plus les points de contact avec l'inconnu, à la surface de ce ballon, se multiplient, et peut-être, dans certains cas, avec l'inconnaissable. Alors ayons l'humilité d'admettre que nous ne sommes pas encore les rois de la création et, à ce titre, que nous ne partageons pas nécessairement les secrets de la divinité.

L'aventure des dinosauriens nous donne un bon exemple d'humilité. Ces animaux étaient aussi orgueilleux que les hommes et se prenaient pour les maîtres de la création. Ils semblaient certainement l'être, en effet, pendant les millions d'années où ils ont vécu. Mais il s'est produit, à la charnière entre la fin du crétacé et l'éocène, un événement très important qui les a fait disparaître. La nature de l'atmosphère a-t-elle changé ? Y a-t-il eu un choc avec un astéroïde ou un corps extérieur qui a apporté un élément nouveau, une toxine par exemple ? On ne le sait pas encore...

On a pensé à la concurrence des mammifères, parce qu'à cette époque il y avait déjà des petits mammifères de la taille d'un rat ou plutôt d'un lièvre, et il est possible que certains aient attaqué les œufs des dinosauriens. On a suggéré encore que ces gros animaux avaient détruit peu à peu leur « fourrage », et qu'à force de brouter, ils avaient fini par appauvrir la végétation et par s'affamer. Sans compter qu'ils ne pouvaient certainement pas se déplacer beaucoup. Une fois que ces bêtes étaient installées dans un marais, elles y passaient leur vie et elles ratissaient tout ce qu'il y avait autour, faute de pouvoir aller ailleurs. Chose singulière, le diamètre de la moelle épinière au niveau de la ceinture lombaire était chez les dinosauriens les plus gros, supérieur à celui du cerveau, ce qui veut dire en langage vulgaire que ces animaux étaient plus malins du derrière que de la tête...

Nous, êtres humains, ne sommes pas si bêtes, et je dirais presque que nous ne le sommes pas assez. Nous sommes même redoutablement malins. Mais l'aventure humaine est une épopée formidable. La station verticale d'abord a changé bien des choses, elle a libéré la main, elle a permis de regarder au loin dans la savane. Cela a changé toute l'anatomie, et le développement du cerveau s'est fait en relation avec cette position droite.

Cependant, pour intelligents que nous soyons, tout ce qui conduit vers l'humilité est une bonne chose, et nous n'avons que trop tendance à décréter, à légiférer, et par conséquent, quand nous tenons une solution, à considérer que ceux qui en ont une autre sont dans l'erreur. La science n'est pourtant pas un domaine où l'on puisse s'anathématiser réciproquement, il n'y a pas d'hérésie dans le domaine scientifique, il n'y a que des chercheurs soucieux le plus souvent d'honnêteté. Même s'ils n'arrivent pas à des conclusions philosophiques ou spirituelles, ils ont quand même fait faire des progrès à la connaissance, et c'est cela qui est important.

Maintenant, à côté de ce sentiment de l'unité du monde, on sait que le cosmos actuel auquel nous devons croire n'est plus le cosmos aristotélicien qui était immobile. Nous avons découvert que tout bouge, tout évolue. D'où une vision très neuve de l'univers. On ne peut plus croire à la stabilité définitive de toute chose, il n'est plus possible d'accepter l'idée d'une immobilité générale.

Et une pensée théologique se développe expliquant que, dans le domaine de la foi et des convictions religieuses également, bien des choses sont en cours d'évolution. Un courant de pensée chrétienne qui est né en Angleterre, mais qui s'est développé en Amérique, qu'on appelle la théologie du « process » — encore mal connue en France malgré l'excellent petit livre de notre ami André Gounelle[1] —, insiste précisément sur le fait que, même dans le domaine des choses de la foi, il se produit des évolutions.

Des éléments qui ne nous étaient pas apparus jusqu'à présent commencent à se révéler et peuvent enrichir notre culture religieuse. Cela veut dire tout simplement que ce qu'on a codifié au cours des siècles n'est pas nécessairement la vérité définitive jusque dans son mode d'expression. Les choses sont toujours plus compliquées que nous ne l'aurions pensé autrefois. Il y a une formule que nous répétons dans nos liturgies : « Ta Parole est la Vérité. » Bien sûr, mais cela demande quand même une explication. Quand j'entends cette phrase, je la formule mentalement sous une forme légèrement différente et je dis, dans mon for intérieur : « Dans Ta Parole est la Vérité ! »

Alors, la liturgie peut encore évoluer, et je ne parle pas de notre hymnologie qui mériterait aussi quelque attention à l'avenir parce qu'elle n'est peut-être pas tout à fait ce que nous croyons actuellement, malgré les très beaux poèmes qu'elle comporte[2].

L'unité des choses et l'évolution des choses ; nous ne pouvons plus échapper à une philosophie qui intègre

---

1. *Op. cit.*, p. 225.

2. J'aime beaucoup les vers de Corneille en particulier : « Parle, parle, Seigneur, ton serviteur écoute... », et ceux d'Adolphe Monod ne sont pas

nécessairement ces deux éléments majeurs de la pensée moderne.

Teilhard m'avait écrit une fois que même la face de Dieu était en train de changer : « [...] ce que je pense du grand événement de notre temps, non pas la mort de Dieu comme pensait Nietzsche, mais un changement profond et terriblement excitant dans la face de Dieu[1]. »

---

mal non plus : « Que ne puis-je, ô mon Dieu, Dieu de ma délivrance, remplir de ta louange et la terre et les cieux. »

1. Lettre de Teilhard à Théodore Monod, 27 mai 1950, voir page 254.

Conclusion

Et si l'aventure humaine devait échouer...

Supposition stupide pour beaucoup sans doute, et peut-être même un tantinet sacrilège pour certains ; pensez donc, l'homme n'occupe-t-il pas, par définition, le sommet de toute l'évolution biologique dont il représente l'aboutissement et, en quelque sorte, tout au sommet de l'arbre, la fleur ? et il est vrai qu'à bien des égards l'espèce humaine a poursuivi une ascension qui lui a permis de distancer ses frères inférieurs puisqu'il est le seul animal dont la tanière s'éclaire la nuit ; le seul aussi capable d'avoir une histoire et de l'écrire. L'antique Serpent nous l'avait promis : « Vous serez comme des dieux... » Et la puissance nous l'avons eue, certes, au moins la puissance matérielle, mais aurons-nous un jour, pour domestiquer celle-ci et l'humaniser, la sagesse ? En tous les cas, l'état du monde, 1991 ans après le premier Noël, n'a guère de quoi justifier nos orgueils ou rassurer nos consciences. Lequel d'entre nous ne se sent pas rougir de honte à la lecture de son journal quotidien ? Qu'il soit nourri d'une haute espérance humaine, de l'amour de la justice ou de l'idéal évangélique, chaque jour lui apportera de nouvelles raisons de s'interroger sur l'avenir d'un homme qui continue à refuser si fermement de sortir enfin de la préhistoire.

On dira sans doute : oui, bien sûr, ce spectacle n'est pas bien joli de ces hommes si fiers de leurs exploits techniques, mais qui pratiquent la torture, acceptent la violence, ne haïssent pas très sérieusement la guerre, qu'ils préparent sans remords, mais il faut du temps pour tout. Émerger de la barbarie ancestrale est un lent processus et comme l'homme est, géologiquement parlant, tout jeune, il a l'avenir devant lui ; laissez-lui le temps de grandir et de découvrir son destin véritable.

C'est bien parlé et l'argument n'est pas sot, encore que cette résignation à la lenteur du progrès moral fasse bon marché du sang et des larmes des victimes. Mais si l'on pouvait à la rigueur défendre ce point de vue jusqu'ici, les choses ont pris aujourd'hui une autre, une terrifiante dimension. Puisque l'homme est devenu tout-puissant — matériellement — et peut même au besoin faire exploser la planète, ou transformer des continents en mâchefer et en vitrifications[1], et puisqu'il est parfaitement capable d'une conduite insensée et démentielle, on peut désormais tout craindre, tout, y compris l'anéantissement de la race humaine.

Des esprits optimistes continueront sans doute à faire confiance à l'homme et à croire aux possibilités pour lui d'une évolution encore longue et graduelle. Mais avec les

---

1. Le 6 août 1945, avec le bombardement d'Hiroshima, l'humanité entrait dans un âge nouveau, celui de l'ère atomique...

menaces radicales qui pèsent maintenant sur son avenir, disposera-t-il de la durée nécessaire pour atteindre sa pleine stature ? Rien n'est moins certain, force est de le reconnaître.

Et, après tout, pourquoi ne verrait-on pas un jour l'évolution, obstinée, lancer à la pointe des avant-gardes un autre groupe pour relayer celui qui pourrait avoir disparu ? Privé de sa flèche terminale, l'arbre ne lui substitue-t-il pas un bourgeon de remplacement ?

Les dinausoriens pouvaient bien, eux aussi, s'être crus, et à juste titre, les « rois de la création » ; et puis ils ont dû céder la place, disparaissant jusqu'au dernier. On peut même aujourd'hui se poser la question : au cas où les hommes, où les primates viendraient à disparaître, qui viendra les relayer ?

Rien n'empêche de rêver, n'est-ce pas ? Les insectes ? De merveilleuses petites mécaniques, certes, mais c'est bloqué : aussi, a-t-on idée de mettre son squelette à l'extérieur ? Alors les oiseaux ? Assez bien réussis, sans doute, mais petites cervelles. Cherchons encore... Je crois avoir un candidat : les céphalopodes, c'est-à-dire les pieuvres, seiches, poulpes et calamars. Ces mollusques aquatiques, exclusivement marins, présentent de remarquables perfectionnements anatomiques. Leur tête est prolongée par une capsule cartilagineuse, jouant le rôle d'un crâne, et leurs yeux peuvent soutenir la comparaison avec ceux des vertébrés. Ils sont doués d'un psychisme hautement développé et on attribue même à certains d'entre eux deux mémoires, quand vous et moi n'en avons qu'une.

Leur taille peut être considérable puisque les fameux calamars géants des régions boréales, les légendaires « kraken », pouvaient atteindre une vingtaine de mètres de longueur. Nous n'en connaissons d'ailleurs que des fragments, morceaux de bras par exemple, trouvés flottant sur la mer, et la trace de leurs ventouses sur la peau des cachalots.

Rien ne prouve, évidemment, que les céphalopodes envisagent de tenter l'aventure d'un débarquement continental. Il leur faudrait d'ailleurs pour cela renoncer à la respiration brachiale et inventer, une fois encore, le poumon, évolution qui nécessiterait sans doute quelques millions d'années. L'on peut par conséquent se rassurer, l'arrivée des kraken sur nos plages n'est pas pour demain...

Il va donc falloir choisir : accepter l'hominisation véritable, c'est-à-dire la sympathie et la pitié pour tous les êtres, le respect de la vie, le refus de la violence, qu'elle soit institutionnelle ou physique, la pratique d'une justice véritable, la désacralisation de la chose militaire — ou, payant enfin le juste prix de nos folies et de nos cruautés, laisser la place aux calamars. Choisissons l'Homme — avec un H majuscule cette fois — mais faisons vite : le temps presse terriblement...

Brève notice biographique

1902	Naissance à Rouen de Théodore, fils du pasteur Wilfred Monod et de son épouse Dorina.
1907	Wilfred Monod est nommé pasteur à l'oratoire du Louvre. La famille s'installe à Paris où le jeune Théodore fera sa scolarité primaire et secondaire, cette dernière à l'École alsacienne.
1921	Licence de sciences naturelles. Croisière océanographique avec le *Petrel* dans le cadre de l'Office scientifique des pêches maritimes.
1922	Assistant au Muséum national d'histoire naturelle, section des Pêches et Productions coloniales d'origine animale. Croisière océanographique avec l'*Andrée III*.
1922-23	Premier séjour en Mauritanie et découverte du désert. Ce sera le point de départ de plus de quatre-vingt voyages et missions scientifiques, tant au Sahara (Adrar de Mauritanie, Majabat Al-Koubra, Adrar des Iforas, Tanezrouft, Tibesti, Tenéré, etc.) que dans le reste de l'Afrique (Sénégal, Niger, Mali, Haute-Volta, Angola, Zaïre, Ghana, Cameroun, Rhodésie, Transvaal, Ouganda, Kenya, Ethiopie...). Il faut encore citer l'Algérie, les îles du Cap-Vert, les

	Açores, Fernando Po, São Tomé, les Philippines, le Viet-Nam, l'Iran (désert de Loud), Israël, etc.
1926	Doctorat de sciences naturelles, avec une thèse intitulée « Contribution à l'étude des Gnathiidae » (crustacés isopodes).
1933	Croisière océanographique avec le *Président Théodore Tissier*.
1938	Diplôme d'arabe littéraire de l'Institut national des langues et civilisations orientales.
1938-64	Secrétaire général puis directeur de l'Institut français d'Afrique noire (IFAN) dont le siège se trouvait à Dakar.
1942	Professeur au Muséum national d'histoire naturelle.
1944	Théodore Monod, en tant que président de la France combattante à Dakar, y reçoit officiellement le général de Gaulle.
1948	Premiers essais au large des Açores, du bathyscaphe avec son inventeur, le professeur Piccard.
1953	Début d'une série de grandes traversées sahariennes à pied et à chameau. Un exemple de ces « navigations hauturières » : en 1954, il part d'Ouadan pour rejoindre Ghallaonya à 1 700 kilomètres de là. Le voyage s'effectue en trois étapes, soit respectivement 880, 600 et 250 kilomètres entre chaque point d'eau...
1954	Plongée du bathyscaphe au large de Dakar, à 1 400 mètres.
1957-58	Doyen de la faculté des sciences de Dakar.
1957-59	Professeur à la faculté des sciences de Dakar.
1963	Membre de l'Institut de France.
1965	Directeur honoraire de l'IFAN, devenu l'Institut fondamental d'Afrique noire.
1971	Croisière océanographique avec le *Charcot*.

Brève notice biographique

Depuis 1973, Théodore Monod, désormais professeur honoraire au Muséum d'histoire naturelle, continue voyages et recherches. Membre de l'Académie des sciences, de l'Académie de marine, de l'Académie des sciences d'Outre-Mer, de l'Académie des sciences et de l'Académie de marine de Lisbonne, de l'Académie royale des Sciences d'Outre-Mer de Belgique et de plus de quarante autres académies et sociétés scientifiques et savantes, françaises ou étrangères, Théodore Monod a été, entre autres, quatre fois lauréat de l'Académie des sciences et quatre fois lauréat de la Société de géographie. Il est docteur *honoris causa* des universités de Cologne et de Neufchatel et commandeur dans les ordres de la Légion d'honneur et des Palmes académiques.

A contre courant d'une époque d'hyperspécialisation, Théodore Monod est un des derniers encyclopédistes de ce temps, au sens où Diderot l'entendait, théorie et pratique constamment confondues, dans toutes les disciplines : depuis 1921, il a signé près de huit cents publications et communications sur les sujets les plus divers. Car le naturaliste qu'il est, au sens plein et vrai du terme, s'il reste officiellement zoologiste, s'est aussi laissé tenter, au hasard des pistes sahariennes, par la botanique, la géologie, l'archéologie et l'histoire : au-delà de ses activités scientifiques, c'est un homme de culture, ouvert aux joies de la contemplation, au sentiment de l'unité des choses et des êtres, à la splendeur du monde, à la sympathie et à la pitié pour tous les vivants. C'est un être multiple, difficile à cataloguer, mal « encadrable » et, à ce titre, un tantinet hors-série et même, pour les doctes et les réalistes, un peu répréhensible sur les bords : a-t-on idée, je vous le demande, de se dire « violemment non-violent » ?

Table des matières

Sortie de secours

Quatrième partie

Unité et diversité

Cinquième partie

Nature vivante et foi chrétienne

DU MÊME AUTEUR

Le Livre des martyrs, « Vie des Saints », extrait du martyrologe protestant de Jean Crespin, La Cause, Neuilly, 1930.

Meharees, explorations au vrai Sahara, Je sers, Paris, 1937 ; deuxième édition 1947, réimpression Actes Sud, Arles, 1989.

Livre de prière (tiers ordre des Veilleurs), Labore Fides, Genève, 1937.

L'Hippopotame et le Philosophe, Julliard, Paris, 1943, deuxième édition 1946.

Bathyfolages, plongées profondes, Julliard, Paris, 1954. Réimpression Actes Sud, Arles, 1991.

Les Déserts, Horizons de France, Paris, 1973.

Notes sur Georges Glas (1725-1765), fondateur du port Hillsborough (Sahara marocain), Madrid - Las Palmas, 1976.

De Tripoli à Tombouctou : Le dernier voyage de Laing, 1825-1826, Geuthner, Paris, 1977.

L'Ile d'Arguin (Mauritanie), essai historique, Centro de Estudos de Cartografia Antiga, Lisbonne, 1983.

L'Émeraude des Garamantes, souvenirs d'un Saharien, L'Harmattan, Paris, 1984.

Désert libyque (notes de voyage), Et. Sahara et Ouest-Afrique, Nouakchott/Paris, 1989.

Mémoires d'un naturaliste voyageur, AGEP, Marseille, 1990.

En collaboration :

« Le Monde noir », numéro spécial de Présence Africaine, dirigé par Théodore Monod, mars 1950.

Antoine Risso 1737-1845, avec J.-C. Hureau *et al.*, Nice, 1978.

Sahara, Désert magique, avec J.-M. Durou, AGEP, Marseille, 1986 (et éd. anglaise *Sahara Magic Désert,* 1986).

Déserts, avec J.-M. Durou, AGEP, Marseille, 1988.

En préparation:

Le Fer de Dieu, histoire de la météorite de Chinguetti, avec Brigitte Zauda.

DU MÊME AUTEUR

Aubin Imprimeur
LIGUGÉ, POITIERS

COMPOSITION – IMPRESSION – FINITION

Achevé d'imprimer en octobre 1991
N° d'édition 33638 / N° d'impression L 38581
Dépôt légal novembre 1991
Imprimé en France